소년소녀
진 화 론

소년소녀 진화론

1판 1쇄 2015년 6월 8일 | 1판 5쇄 2023년 11월 15일
지은이 전삼혜 | 책임편집 엄희정 | 편집 원선화 이복희 | 디자인 이지선
마케팅 정민호 서지화 한민아 이민경 안남영 왕지경 황승현 김혜원 김하연 김예진
브랜딩 함유지 함근아 고보미 박민재 김희숙 박다솔 조다현 정승민 배진성
저작권 박지영 형소진 최은진 서연주 오서영 | 제작 강신은 김동욱 이순호 | 제작처 영신사
펴낸곳 (주)문학동네 | 펴낸이 김소영
출판등록 1993년 10월 22일 제2003-000045호
주소 10881 경기도 파주시 회동길 210
전자우편 kids@munhak.com | 홈페이지 www.munhak.com | 북클럽 bookclubmunhak.com
카페 cafe.naver.com/mhdn | 트위터 @kidsmunhak | 인스타그램 @kidsmunhak
대표전화 (031)955-8888 팩스 (031)955-8855
문의전화 (031)955-3576(마케팅) (02)3144-3236(편집)
ISBN 979-89-546-3653-7 03810

소년소녀
진화론

전삼혜 소설

문학동네

차례

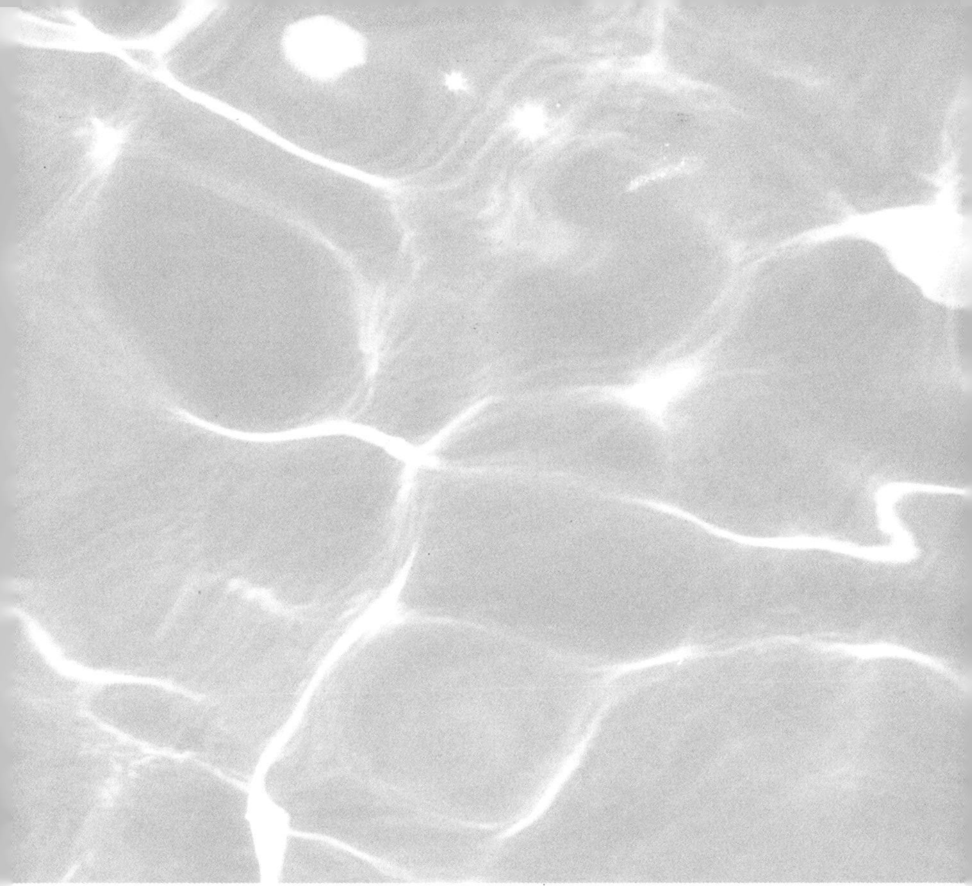

라면 전쟁

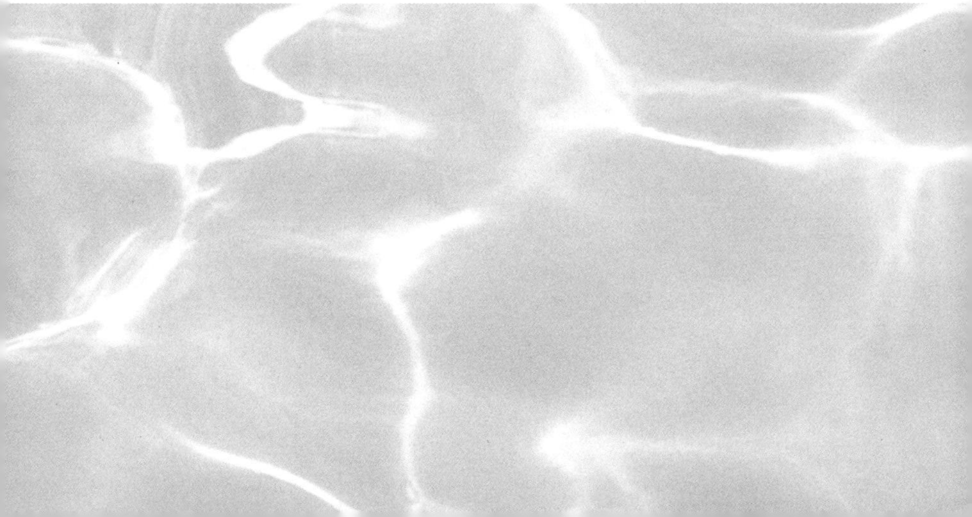

그래서, 대학은 어딜 가고 싶니? 추석날 뵌 큰아버지는 나에게 대뜸 그렇게 물었다. 나는 깎아 놓은 사과만 내려다봤다. 지금 나한테 물은 게 맞나? 고 2인 누나가 아니라, 중 2인 나에게? 누나는 독서실에 간다고 오늘 큰집에도 오지 않았다. 모두들 그게 당연하다고 생각하는지 '지연이는 독서실에 갔어요.'라는 엄마의 말에 아무런 대답도 하지 않았다. 내가 머뭇거리는 사이 큰아버지의 채근이 다시 쏟아졌다. 어딜 가고 싶으냐니까? 나는 내가 알고 있는 대학의 개수를 속으로 헤아려 보았다. 스카이 서성한 중경외시…… 태정태세문단세나 가나다라마바사와 별로 다르지 않은, 주문 같은 그 단어들을 외우는 사이 큰아버지는 혀를 한번 차고 일어서 버렸다. 나는 괜히 얼굴이 빨개졌다. 차라리 꿈이 뭐냐고 물어보지. 나는 사과를 집어 입에 넣고 우물거렸다. 그런데 꿈이 뭐냐고 물어보면 대답할 건 있나? 초등학교 때까지만 해도 누군가 꿈을 물어보면 우주비행사라고 대답해도 창피하지 않았다. 그런데 지금은 그렇게 대답하기에는 어쩐지…… 창피하다. 우주비행사가 창피한 직업이라는 게 아니라, 나는 죽었다 깨어나도 우주비행사가 되지 못할 거라는 걸 내가 알고 하늘이 알고 땅이 알고 큰아버지가 알기 때문에, 창피하다.

지금 내 꿈은 5층에 가는 것이다.

'추석 다음 날부터 학원 수업이 시작됩니다.' 엄마의 휴대폰으로 그렇게 문자가 왔다. 밑에는 '단결학원'이라고 적혀 있다. 내 출석과 결석, 과제물 하나하나의 제출 여부가 엄마에게 날아가는 게 처음에는 불합리하다는 생각도 했다. 그렇지만 이제 그냥 그런가 보다 싶다. 모두들 그렇게 하니까. 우리 동네에만 해도 사거리 이쪽부터 저쪽까지 열한 개의 학원 중 아홉 개가 그렇게 하는걸.

나는 저녁을 먹고 짐을 챙겨 집으로 돌아왔다. 텅 빈 집에서 학원 가방을 챙기고 침대에 누웠다. 일부러 꺼 놓았던 휴대폰을 켜니 한이의 문자가 와 있었다. '내여친♥'이라고 저장해 놨더니 보기만 해도 소름 돋는다며 '정한이' 세 글자로 바꿔 놓은 쿨한 내 여자친구. 남들 다 하는 연애가 뭐 그렇게 쑥스럽다고. 한이는 문자에도, 전화에도 '귀여운 척'을 하지 않는다. 애교는 오히려 내가 떨면 떨었지, 한이가 나에게 애교를 떤다는 건 어림도 없는 일이다. 우리 엄마는 한이가 내 여자친구라는 걸 알고도 별다른 반대를 하지 않았다. 오히려 한숨을 푹 쉬면서 이렇게 말했지. 한이한테 스트레스 주지 마라. 아, 엄마도 참.

'내일 독해 숙제 다 했어?' 한이의 문자에 나는 입을 삐죽 내밀고 답장을 했다. 이건 독해 숙제를 좀 보여 달라거나, 나는 아직 안 했는데 너는 했냐는 그런 질문이 아니다. '나는 독해 숙제 다 했어. 너도 다 했지? 어영부영 넘어가려는 거 아니지?'라는 확인 문자다. 그래서 한이가 내 친구들 사이에서 통하는 별명은 열다섯 살 여자아이에겐 무색하게도, 시어머니.

나는 책상에 앉아 독해 문제집을 폈다. B4 크기의 문제집 반 장짜리 지문을 해석하고 문제를 풀어야 했다. 접속사와 대명사, 지시대명사가 어지럽게 얽힌 지문과 사전을 번갈아 쳐다보며 샤프펜슬 끝을 잘근잘근 씹었다. 문제 다섯 쪽을 풀고 나니 삼십 분이 넘게 지나 있었다. 거실로 나가 냉장고에서 물을 꺼내 마셨다. 찬물을 마시자 나도 모르게 한숨이 나왔다. 한이가 걱정하는 게 정말 독해 숙제뿐일까. 추석이 지나고 두 주 후면 육 주마다 있는 학원 모의고사가 기다리고 있었다. 내가 낑낑대며 독해 문제집을 푸는 것도 사실 그 모의고사 때문이었다. 학교 시험은 교과서나 문제집만 들여다보면 되지만 범위도 없고 지문이 어디서 나올지도 모르는 학원 모의고사야말로 복병이었다. 어떻게든 5층으로 갈 점수를 따야 했다. 벌써 중학교 2학년, 게다가 10월이니까. 3학년이 되기 전에 성적을 한이와 비슷한 수준으로 올려놓지 않으면, 이번에는 정말 꼼짝도 못하고 다른 반으로 갈라질 수도 있었다. 나는 컵을 식탁 위에 탁 소리가 나게 내려놓았다.

"어쩌자고 영어는 그렇게 잘해 가지고……."

이건 다 정한이 때문이다. 내 친구들 말마따나, 나는 한이에게 잡혀 산다. 그 애들은 모른다. 먼저 고백한 건 내가 아니라 한이라는 사실을.

1학년 여름방학이 시작되기 전날이었다. 같이 쓰레기통을 비우러 갔다가 한이가 불쑥 편지를 내밀었다. 그리고 쓰레기통과 나를 남겨 둔 채 먼저 가 버렸다. 편지를 펴 보니 딱 한 줄이 적혀 있었다. '네가 좋아, 나랑 사귈래?' 좋게 말해 클래식하고 대놓고 말해서 목석같은 고백. 그렇지만 썼다 지운 글씨 자국들 때문에라도 그 편지를 쉽게 넘길 수가 없었다. 게다가 센스도 없지, 휴대폰 번호 하나 적어 놓지 않은 편지라니. 결국 나는 문자도 전화도 아니라 얼굴을 맞대고 한이한테 대답해야 했다. 그래, 사귀자.

그때 눈치를 챘어야 했다. 클래식과 목석 사이를 넘나드는 정한이의 성격. 어깨 근처에서 더 기르지 않는 생머리, 하얀 얼굴, 뿔테 안경. 한 반에 여자애가 스무 명이면 다섯 명은 있을 법한 흔하디흔한 모습. 그렇지만 그런 평범한 애들도 '찐따'가 아니라면 남자애들의 눈길을 한두 번쯤 받았을 법한데, 한이는 한 번도 그런 적이 없었다. 수련회를 가서 남자애들끼리 터놓고 얘기한 적이 있다. 야, 우리 반에서 누가 제일 괜찮냐? 몸매는 걔가 제일 낫지. 야, 걘 너무 놀아서 내가 달려. 그러다가 이야기가 잠깐 끊긴 틈에 내가 물었다. "정한이는?" 그리고 잠깐 침묵. 누군가가 툭 던지듯 내뱉었다. "야, 걔는 아니지." 그리고 애들이 와르르 웃음을 터뜨렸다. 뭐가 아닌데? 나는 묻고 싶었지만, 묻지 않아도 알 수 있었다. '야, 걔는 연애 상대로는 정말 영 아니야. 왜냐고? 정한이는 그야말로 로봇이니까. 높낮이 없는 목소리, 교칙 준수, 복장 단정. 하고많은 여자애들 놔두고 그 재미없는 애를 왜?'라고 말하고 싶었을 거다. 그러니까 시어머니가 되기 전 정한이의 별명은 정로봇. 그렇지만 나는 한이가 로봇이 아니라는 사실을 처음부터 알고 있었다. 남자애들은 한이가 진짜 로봇일지도 모른다고 킬킬댔다. "정한이 피구하는 거 봤어? 완전 뻣뻣해. 관절이 나무야. 그것도 대나무." 하지만 로봇이 그렇게 손이 예쁠 리가 있나.

어떻게 보면 내가 먼저 한이를 좋아한 게 맞다. 고백을 누가 했느냐와는 관계없이. 어색한 교복을 처음 입고 또래 애들보다 큰 키 때문에 3분단 맨 뒷줄에 앉았을 때부터. 대각선으로 건너다보이는 한이의 하얀 손가락과 그 손에 잡힌 연두색 샤프펜슬은 정말 사진으로 찍고 싶을 만큼 예뻤으니까. 이건 누구에게도 말할 수 없는 내 비밀이다. 가슴도 얼굴도 다리도 아니고 손이라니. 하얗고 긴 손가락이라니.

그렇지만 한이 역시 알고 있다. 나보다 한이 손을 더 좋아하는 사람이 있다면 그건 바로 정한이 자신이다. 피구나 발야구 시간마다 쩔쩔매는 것도 손을 다칠까 봐 그렇다는 것. 약간 흐릿한 글씨도 손가락에 굳은살이 생길까 봐 샤프를 살짝 잡아 그렇다는 것. 다 알고 있다. 내가 자기 손을 좋아한다는 사실까지도.

2학년이 되면서 우리는 반이 갈렸다. 그것도 나는 4층에 있는 3반, 한이는 3층에 있는 8반. 쉬는 시간마다 매점 가고 화장실 가고 교과서 빌리기도 바쁜데 애인 볼 시간이 어디 있나. 한이가 나에게 찾아와서 애교를 떠는 건 바라지도 않는다. 정로봇 시어머니가 그럴 리가 없지. 그렇다면 내가 가야 하는데 나도 남자의 자존심이라는 게 있고 내 생활이라는 게 있으니까. 어쨌거나 만날 시간이 필요했다. 학교 말고 다른 곳에서. 우리가 사귄다는 걸 누구나 알고 있지만 학교에서 티를 내는 건 한이도 나도 별로 내키지 않았다. 돌아오는 건 관심이 지나쳐 간섭에 가까운 말들뿐이었으니까. 그래서 나는 한이가 다니는 단결학원에 등록했다.

엄마도 반대하지 않았다. "너, 한이 보려고 그러지?"라는 말을 하긴 했지만 순순히 수강료를 내주었다. 한 달에 25만 원. 주 2회 90분 수업. 동네에서 단결학원이라고 하면 영어 실력 향상에 꽤 효과가 있다고 이미 소문이 나 있었고 그 소문의 중심에는 정한이가 있었다. 다른 과목에서 조금씩 평균이 깎이긴 하지만 영어 시험 점수는 늘 100점 마이너스 한두 개. 나는 입학 때 본 레벨 테스트에서 MH 판정을 받았다. 로우-미들-하이로 나누어지는 세 레벨은 쓰고 있는 교재도, 심지어는 학원 층수도 달랐다. 로우 레벨은 3층, 미들은 4층, 하이는 5층. 미들에서도 내가 속한 MH, 그러니까 미들하이는 4층 맨 끝 교실이었다. "너희는 딱 다섯 개만 더 맞히면 하이레벨이란 말이지. 그러니까 실수만 안 하면 돼, 오케이?" 학원 선생님은 시원시원하게 말했다. 내가 학원에 들어가고 이 주 후 첫 모의고사가 있었다. 그리고 나는 내가 '하이레벨인데 실수를 해서' 미들하이밖에 안 되는 게 아니라 '실력은 미들하이도 안 되는데 운이 좋아서' 미들하이에 있다는 걸 알았다. 학원생 200명이 보는 100문제짜리 모의고사에서 나는 75점을 맞았다. "오승환, 이 점수는 미들하이 점수가 아니잖아? 너 이러면 반 바꿔야 하는데?" 시원시원하게 말하던 선생님은 내 성적표를 보고 혀를 찼다.

한이는 그때까지만 해도 하이레벨 반에 있었다. 그것도 하이로우, 하이미들이 아니라 그냥 '하이'에. 그런데 모의고사 결과가 나온 다음 시간부터 우리 반에 한 명이 늘었다. 정한이가 우리 반으로 온 거다. 정한이의 모의고사 결과는 85점. 한이가 스스로 미들하이 반으로 내려가겠다고 했다는 말에 나는 조금 놀랐다. 모든 선생님이 한이에겐 유난히 사근사근했다. 분명히 실수일 거라고, 다음 모의고사부터는 다시 원래 반으로 돌아갈 수 있을 거라는 게 선생님들의 공통된 의견이었다. 그리고 나는 한이가 일부러 열 문제를 더 틀렸다는 사실을 짐작했다. 문제가 많으면 많을수록 답을 피해 가기도 어려운 일이다.

나는 자전거를 타고 학원까지 갔다. 교실에 들어가니 한이가 먼저 와 있었다. 나는 가방을 내려놓고 한이 뒷자리에 앉았다. 우리가 사귄다는 건 학원에서 아무도 몰랐다. 한이가 말하지 말라고 했으니까. 1학년 때처럼 우리는 대각선으로 앉았다. 가끔 내가 지적당해서 문제를 못 풀 때면 한이가 책상 밑에서 손가락으로 답을 가르쳐 주었다. 어쨌거나 이런 게 사랑이지. 그리고 내가 5층으로 올라가겠다는 생각을 하게 된 건, 한이가 혼나는 모습을 본 이후부터였다.

"정한이, 너 이렇게 고집부리는 거 어머니도 아셔?"

한이가 학원비를 내고 오겠다며 상담실로 가던 날이었다. 밑에서 기다려도 한이가 오지 않아서 나는 상담실이 있는 3층으로 올라갔다. 문밖까지 카랑카랑한 하이레벨 반 선생님의 목소리가 들렸다. 슬쩍 훔쳐보니 한이는 죄라도 지은 것처럼 고개를 숙이고 있었다. 목소리가 분필로 칠판 긁는 소리 같아서 분필마녀라고 불리는 선생님은 종이 몇 장을 한이 앞에 흔들어 보였다. 나는 숨이 턱 막혔다. 맨 위의 새빨간 숫자는 87, 89, 97, 95…… 한이가 미들하이 반으로 내려온 후부터 본 모의고사 시험지였다.

"미들하이 반으로 가서 공부해서 다시 온다며. 이제 점수도 올랐잖아. 그런데 왜 고집을 부려? 하이레벨이 뭐가 힘들어, 힘들긴."

한이가 나한테 미안하다고 한 날이 있었다. 엄마는 그 전날 나에게 지나가는 말처럼 한이 모의고사 성적이 올랐다고 했다. 그런 뜻이었구나. 나는 늘 뭔가 깨닫는 게 한 박자씩 느리다. 한이의 성적은 늘 아슬아슬 줄타기였던 셈이다. 성적이 떨어지면 학원을 그만둬야겠지만 성적이 올라가면 반을 바꿔야 한다. 그렇지만 97점이나 받았을 줄은 몰랐다. 죽어라 애를 쓰고도 87점이 나와 미들하이 반에 턱걸이를 한 나에게는 아득한 점수였다.

한이는 아무 말도 하지 않았다. 분필마녀의 목소리가 조금 다정해졌다.

"너네 반에 친하게 지내는 남자애 있다며. 걔 때문이야? 오승환? 둘이 같은 학교지?"

내 심장이 덜컹 내려앉았다. 한이는 들릴락 말락 한 소리로 대답했다.

"그건 아니에요."

분필마녀는 한참 후 한숨을 푹 내쉬고 말했다.

"아무튼, 내가 두고 볼 거야. 사귀는 건 뭐라고 안 해. 그런데 수준 낮은 애랑은 사귀지 마. 격이 달라, 격이."

기껏해야 영어 점수, 그것도 학원 모의고사 점수 가지고 격이니 뭐니 운운하는 게 속이 부글부글 끓었지만 하나는 인정할 수밖에 없었다. 한이와 나는 다르다. 그건 10점씩 차이 나는 모의고사 점수만이 아니었다. 뭐든 속으로 삭이려고만 하는 한이. 감정 표현이 유난히 없는 한이. 좋아한다는 말도 조르고 졸라야 해주는 한이. 그리고 하루에도 세 번은 좋아한다고 문자 하고 틈만 나면 전화하고 싶고 화가 나면 있는 대로 성질을 부리는 나. 어느 쪽이 좋고 나쁜 게 아니라 우리는 많이 달랐다. 어쨌거나 이번 모의고사에서는 무슨 일이 있어도 95점 이상을 맞아야 했다. 그래서 한이랑 같이 5층으로 올라가는 거다. 그러면 분필마녀도, 우리 엄마도, 한이네 엄마도 더 이상 뭐라고 하지 않겠지.

그런데 오늘따라 한이가 좀 이상했다. 하얗고 예쁜 손은 그대로인데, 손톱으로 책상을 꾹꾹 누르고 있었다. 평소의 한이라면 생각도 못 할 일이었다. 한이가 손에서 가장 소중하게 아끼는 부분이 손톱이었다.

한이가 분필마녀에게 혼났던 날, 한이를 신호등 앞까지 데려다주고 내가 물었다.

"넌 그렇게 영어 잘해서 뭐가 되려고 그래?"

한이는 희미하게 웃었다. 그리고 자기 손을 내려다보았다.

"세계적인 ……이 될 거야."

"뭐?"

한이의 목소리가 너무 작아서 내 목소리가 커졌다. 한이는 비밀 이야기라도 하듯 주변을 둘러보고 내 귓가에 속삭였다.

"세계적인 네일아트 모델이 될 거라고."

나는 멍해졌다. 외교관도, 정치가도, 의사도 아니고 모델이라니. 그것도 네일아트 모델. 그냥 네일아트 모델도 아니고 세계적인 네일아트 모델. 한이는 속삭였다. "비밀이야." 우리 한이, 참 비밀도 많지. 어쨌거나 세계적인 네일아트 모델과 연애하려면 영어는 필수인 것 같았다. 그래서 나는 그날부터 죽어라 공부했다.

그리고 내 성적도 점점 상승세로 접어들었다.

한이가 책상에 구멍을 뚫을 기세라서 나는 한이의 어깨를 툭 쳤다. 한이는 화들짝 놀라며 자리에서 벌떡 일어섰다. 정말 놀란 모양이었다. 평소라면 그냥 움찔하고 말 텐데. 나는 괜히 혀를 쯧쯧 차며 한이의 책상 앞에 의자를 끌어다 놓고 앉았다.

"추석 잘 보냈어?"

"어, 응."

한이의 대답이 시원찮다. 나는 한이 앞에 펼쳐진 문제집을 슬쩍 넘겨다보았다. 한이는 뭔가 할 말이 있는 것처럼 우물거렸다. 나는 참을성 있게 기다려 주었다. 그런데 한이가 한 말은, 그냥 말 정도가 아니라 마른하늘에 벼락 치는 소리였다.

"나, 엄마가 학원 옮기래. 옆에 있는 리얼스터디로."

"뭐?"

이번에는 내가 벌떡 일어났다. 한이의 얼굴이 울상이 되었다. 내 목소리가 너무 컸나? 나는 다시 자리에 털썩 주저앉았다.

"여기선 더 이상 해 봤자 발전이 없을 것 같다고 옮기래. 우리 반에 전교 2등 있는데 걔도 거기 다닌다고."

리얼스터디라면 생긴 지 한 달도 안 된 신생 학원이지만 수능 영어보다 어려운 문제를 낸다고 소문난 학원이었다. 게다가 들어갈 때 입학 테스트는 기본. 내 성적이라면 거기서 한이와 같은 반이 되는 건 고사하고 입학 테스트에 떨어질 수도 있었다. 한이는 죄라도 지은 것처럼 울먹거렸다.

"미안, 내가 진짜 가기 싫다고 했는데, 그래도 엄마가……."

이래서는 안 된다. 한이를 위로해 줘야 한다. 네 행복이 내 행복이라고 남자답게 보내 주는 거다. 드라마 같은 데서 많이 봤잖아. 그런데 내 입에서는 엉뚱한 말이 튀어나왔다.

"전교 2등, 걔 남자냐?"

남자였다.

이 주 후 모의고사에서 나는 92점을 맞았다. 5층으로 올라갈 수도 있었지만 그냥 4층에 남겠다고 했다. 한이가 없는데 5층이 다 뭐람. 그렇게 나는 장래희망을 또 하나 잃었다.

그리고 얼마 후부터 우리 학원과 리얼스터디 사이에는 냉전 기류가 흐르기 시작했다. 라면 때문이었다. 우리 학원 1층에 있는 편의점은 리얼스터디와 우리 학원 애들이 이용하는 유일한 편의점이었다. 수업과 수업 중간 십오 분 쉬는 시간마다 애들은 배를 채우겠다고 아래층으로 달려 내려갔다. 그런데 리얼스터디 애들이 조금이라도 빨리 가서 컵라면을 먹으면 물 끓이는 기계의 뜨거운 물은 다 떨어지고 미지근한 물만 나왔다. 학원 안의 정수기는 찬물만 나왔다. 한창 자라날 때의 우리에게 컵라면 물이란 사막의 생수와도 비슷한 거였다. 그래서 우리는 리얼스터디 학원 교재를 든 애들을 보면 일부러 크게 중얼거렸다. "아, 리얼스터디 짜증 나." 리얼스터디 애들은 걔네들대로 우리를 비웃었다. "하이레벨? 미친, 우리 입학 테스트도 그것보단 어렵겠다." 편의점에서 마주치기라도 하면 언성이 높아지는 건 기본이었다. 편의점 주인은 좀 시끄럽긴 해도 어쨌거나 고객이니, 딱히 우리에게 뭐라고 하지는 않았다.

쉬는 시간이 겹치는 건 나에게는 다행이었다. 한이를 편의점에서라도 만날 수 있었으니까. 라면 하나, 초콜릿 하나라도 사 줄 수 있다는 게 나는 좋았다. 한이가 든 리얼스터디 학원 교재 같은 건 아무래도 좋았다. 그러다가 하루는 미들하이 반 애들이 나를 둘러쌌다.

"오승환, 너 리얼스터디 애랑 사귀냐?"

한이도 나갔으니 비밀이랄 것도 없지. 나는 아니꼽다는 걔네들의 눈초리에 일부러 뻣뻣하게 대답했다.

"어. 중 1때부터 사귀었으니까 400일 넘었나?"

그중에 한 명이 내 책상을 발로 툭 밀었다.

"야, 우리 완전 걔네랑 전쟁인 거 몰라?"

전쟁이건 말건 무슨 상관이야. 내가 어이없다는 눈으로 보자 걔네들은 쑥덕거리더니 자리로 돌아가 버렸다. "씨발, 넌 왜 오버야. 전쟁이 뭐냐? 전쟁이." 전쟁이라는 말을 한 녀석이 오히려 쥐어박혔다. 한이와 나를 보는 애들의 눈길이 곱지 않은 건 사실이었다. 리얼스터디 애들이 싫은 건 나도 마찬가지였다. 같잖은 자부심으로 우리를 비웃는 것도 마음에 들지 않았다. 특히 내 마음에 안 드는 건 박지훈이었다. 한이네 반 반장에 전교 2등. 한이를 뺏어 간 원흉인 그 녀석이 한이에게 손을 뻗는 것 같았다. 한이와 내가 편의점에서 만나거나 내가 이십 분 기다려 한이네 학원이 끝날 때 마주치면 그놈은 일부러 한이에게 인사를 건네고 갔다. 물론 그때마다 나는 있는 대로 인상을 썼다.

"정한이, 너 박지훈이랑 친하게 지내지 마라."

내 경고에 한이는 작게 한숨을 내쉬었다.

"그래도 같은 반인데 어떡해. 재네 엄마랑 우리 엄마 친하단 말야."

한이가 거절을 못 한다는 걸 안 박지훈은 점점 한이에게 치근댔다. 마침내 둘이 편의점에 같이 나타나기까지 했다. 물론 내가 한이 손을 덥석 잡자 박지훈이 움찔하긴 했다.

"어, 뭐야. 한이 너 재랑 사귀어?"

한이? 한이? 누구 맘대로 친한 척이야. 한이는 얼굴이 빨개지며 고개를 끄덕였다. 박지훈은 멈칫하는 듯하더니 나에게 손을 내밀었다.

"반갑다. 너도 우리 학교지? 단결 다니나 봐?"

"어."

나는 박지훈이 내민 손을 무시하며 대답했다. 박지훈은 끝까지 멋진 척을 멈추지 않았다.

"그럼 나 먼저 올라갈게, 한이야."

박지훈은 나를 쏘아보더니 한이에게 웃으며 말했다.

"교실에서 보자."

뭐야, 완전 재수 없어. 나는 어이가 없어서 인상을 썼다. 정말 어이가 없는 건, 한이가 그놈한테 살짝 웃어 줬다는 거다. 내가 저 웃는 얼굴 한번 보려면 얼마나 재롱을 떨어야 하는지는 아는 건가? 정한이, 너 지금 뭐 하는 거야!

그리고 한이는 학력평가에서 영어 만점을 맞았다. 박지훈도 마찬가지였다. 엄마는 나에게 리얼스터디로 옮기겠냐고 물었지만 나는 짜증을 내며 거절했다. 들어가 봤자 레벨이 다를 텐데 내가 왜? 한이는 미안한지 내 문자에 꼬박꼬박 답장을 보내 주었다. 가끔은 하트까지 붙여서. 나는 그때마다 좋아서 입이 찢어질 지경이었지만, 박지훈이 편의점에서 "한이야, 어제 문자 보내다 잠들었나 봐? 전화하려다가 자는 것 같아서."라고 했을 땐 정말 비참했다. 누가 봐도 이건 나 약 올리려는 말이잖아.

"너 박지훈하고 문자 하지 마. 전화는 물론이고, 카톡이고 페이스북이고 다 끊어. 알았어?"

내가 전에 없이 강압조로 나가자 한이는 놀란 것 같았다. 하지만 너무 화가 나서 내가 깜빡 잊은 게 있었다. 한이도 만만찮은 성격이라는 걸. 남에게 휘둘리길 싫어하는 한이에게 무리한 요구를 한 거다. 한이는 내가 들어 본 목소리 중 가장 싸늘한 목소리로 대답했다.

“네가 뭔데?”

나는 ‘뭐긴, 네 남자친구지!’라고 대답할 엄두도 내지 못한 채 얼어붙고 말았다. 그날 밤 나는 문자로 한이에게 싹싹 빌었다. 다행히도 다음 날부터 한이는 다시 애교 섞인 문자를 보내 주었다. 나는 학교 쉬는 시간에 매점을 포기하고 한이네 반으로 달려가서 일부러 교과서를 빌리기까지 했다. 물론 박지훈이 나에게 친한 척을 하는 건 그때마다 무시했다.

그리고 라면을 둘러싼 우리 학원과 리얼스터디의 신경전은 점점 거세지고 있었다. 사실 학원 정수기에 뜨거운 물이 나오게 해 주면 다 해결되는 문제 아닌가? 아이들 몇 명이 리얼스터디 애들과 싸우느라 수업 시간에 늦자, 상담실에서는 애들을 불러다가 꾸중을 했다. 그러면서도 학원 안에서 컵라면을 먹게 해 달라는 요구는 받아들여 주지 않았다. 청소가 힘들고 화장실이 더러워진다는 게 그 이유란다. 하지만 우리는 편의점 주인이 원장 친척이라 편의점 안에 손님이 없어 보이면 매상 떨어질까 봐 그런다는 소문을 더 굳게 믿었다. 그러고 보면 원장이랑 편의점 주인이랑 좀 닮은 것 같기도 했다.

우리는 이제 가벼운 몸싸움까지 벌였다. 주먹이 오고 가는 건 아니고, 편의점 매대 사이에서 마주치면 일부러 어깨로 친다거나 하는 정도였다. 하지만 우리는 한창 자라는 열다섯 살이었고 언제나 일촉즉발이었다. 리얼스터디 애들도 마찬가지였기 때문에 우리는 언제나 편의점에 갈 때면 너덧 명씩 무리 지어 다녔다. 라면 하나 먹기 더럽게 힘들다.

편의점에서 마주치기가 껄끄러워 나는 자주 한이네 학원이 끝날 때까지 기다렸다. 이십 분쯤 기다려서 십오 분쯤 같이 걷는 정도였지만 그게 어디냐. 한이도 가끔 일부러 신호등 두세 번을 놓치며 나와 이야기를 이어 갔다. 그렇지만 마른하늘에 날벼락은 언제나 갑자기 친다. 3학년이 되면 다시 한이랑 같은 반이 될지도 모른다며 설레던 어느 날이었다. 한이가 불쑥 말했다.

"나, 외고 원서 넣을까?"

세계적인 네일아트 모델이 되려면 외고에 가야 하는 거였냐. 나는 떨떠름한 얼굴로 한이를 보았다. 한이는 달뜬 얼굴이었다. 한이는 리얼스터디에서도 성적이 좋은 편이라서, 12월부터 생기는 외고 대비반에 들어가라는 소리를 들었다고 했다. 자기 실력이 인정받는다니 좋을 만도 했다. 나는 반사적으로 물었다.

"박지훈하고 같이?"

한이가 서늘한 표정을 지었다. 드문 표정이었다.

"여기서 걔 얘기가 왜 나와?"

우리는 서먹하게 신호가 바뀌기만 기다렸다. 한이가 건널목을 건너가고 나는 집으로 돌아왔다. 인터넷을 뒤져 보다가 나는 뒷목을 잡았다. 리얼스터디 외고 대비반은 월 50만 원에 주 5회,

120분 수업. 10시부터 이십 분 기다리는 것도 눈치가 보이는데 이렇게 되면 삼십 분을 더 기다려야 했다. 안 될 일이다. 게다가 정말로 한이가 외고로 가 버리면? 나는 죽어도 외고 갈 머리는 안 된다. 갈 생각도 없었다. 박지훈? 그놈이라면 갈지도 몰랐다. 머리도 되니까. 어쩌면 그놈이 한이를 살살 꼬드겼을 수도 있었다. 나는 그날 한숨도 못 잤다. 그리고 다음 날, 한이네 반으로 가서 박지훈을 불러냈다.

"박지훈, 너 나 좀 보자."

박지훈은 교복 바지 주머니에 두 손을 꽂고 삐딱하게 나를 올려다봤다. 나보다 키는 조금 작았다. 하지만 얼굴도 반반하고 공부도 잘하니 인기가 있다는 소문은 사실인 모양이었다. 내가 으드득 이를 갈자 박지훈이 이죽거렸다.

"할 말 있으면 빨리 하지? 나 공부해야 되는데."

나는 심호흡을 했다. 도발당하면 지는 거다.

"너, 외고 갈 거냐?"

박지훈의 두 눈이 가늘어졌다. 그러더니 기분 나쁜 미소를 지었다.

"갈 실력은 되지."

나는 두 주먹을 꽉 쥐었다. 그리고 간신히 입을 열었다.

"갈 거면 혼자 가라. 남의 여자친구 꼬드기지 말고."

박지훈이 어깨를 으쓱했다.

"한이가 외고 간대? 어쩌냐, 네 실력으로는 못 따라올 텐데."

때마침 쉬는 시간 끝나는 종이 울렸다. 종이 조금만 늦게 울렸다면 나는 박지훈에게 주먹을 날렸을지도 모른다. 교실로 돌아오는 내내 손이 부들부들 떨렸다.

집으로 돌아온 나는 엄마에게 학원을 그만 다니고 싶다고 했다. 그러나 엄마는 내 말을 들어주지 않았다. 단결에 다니면서 성적이 올라갔다는 게 이유였다. 젠장, 올려도 문제야. 그렇다고 한이처럼 일부러 성적을 내릴 수도 없었다. 그랬다간 엄마는 내 성적이 올라갈 다른 학원을 알아볼 것이다. 그리고 그날, 편의점 앞에서 처음으로 학원 대 학원의 몸싸움이 일어났다.

"전 그냥 지나가려고 했는데 개네가 발을 걸었다니까요!"

상담실에서 녀석은 억울하다며 목소리를 높였다. 우리 반 애였다. 나에게 한이 이야기를 들먹이면서 전쟁 어쩌고 한 녀석. 녀석의 코는 휴지로 막혀 있었다. 생각보다 큰일이었는지 원장과 실장, 우리 반 선생님까지 모여 있었다. 원장은 골치가 아프다는 듯 이마를 짚었다. 나는 상담실 앞에 모여든 애들을 쿡쿡 찔렀다.

"뭐야? 싸움?"

내게 옆구리를 찔린 놈이 귀찮다는 듯 손을 내저었다.

"2대 1이었대. 쟤는 코피 터지고, 리얼스터디 애 하나는 배 걷어차였댄다."

그 말을 듣기라도 한 듯 배를 감싸 쥔 낯선 애와 아줌마가 쿵

쿵대며 걸어 올라왔다. 우리는 빛을 만난 바퀴벌레처럼 뿔뿔이 흩어졌다. 아줌마의 목소리가 상담실 바깥까지 쩌렁쩌렁 울렸다. 분필마녀 저리 가라였다.

“아니, 걷다가 부딪칠 수도 있는 거지 그렇다고 애를 걷어차요? 이 학원은 그렇게 가르쳐요?”

원장은 일단 무조건 빌기로 한 모양이었다. 우리 반 녀석의 목소리가 다시 높아졌다.

“아, 사과 안 해요! 내가 잘못한 거 없는데!”

결국 그 녀석은 그날 수업에 들어오지 않았다. 선생님도 모른 척 아무 말도 하지 않았다. 수업이 끝나고 계단을 내려가려는데, 우리 반 녀석 중 하나가 나를 불렀다.

“오승환, 너 조심 좀 해야겠다. 분위기 장난 아니야.”

전쟁 때 가장 피해를 크게 입는 건 민간인이라더니, 이건 뭐 로미오와 줄리엣도 아니고. 나는 그날은 한이를 기다리지 않고 그냥 집으로 갔다. 딱히 그 말 때문은 아니었다.

다음 날 한이에게서 문자가 왔다. ‘어제 피곤했어?’ 왜 그냥 갔냐고 따질 한이는 아니었다. 나는 답장을 보내지 않았다. 웬만하면 편의점도 가고 싶지 않았는데, 배가 너무 고팠다. 쉬는 시간이 되자마자 나는 편의점으로 달려갔다. 의외로 리얼스터디 애들이 별로 없었다. 내가 컵라면을 계산하고 있을 때, 한이와 박지훈이 편의점으로 들어왔다. 나는 머뭇거리다 한이에게 손을 흔들었다.

"편의점 한산하니까 좋네, 그치?"

내가 한이에게 물었는데 박지훈이 불쑥 끼어들었다.

"어제 너네 학원하고 싸움 났잖아. 그래서 우리 학원이 쉬는 시간 이십 분 당겼어. 더러워서 피한다고."

더러워서 피하는 것 같은 소리 하고 있네. 그럼 너네는 왜 이 시간에 내려오냐? 내가 못 들은 척하자 한이가 작은 소리로 덧붙였다.

"우리 반은 조정 안 한대."

박지훈이 또 끼어들었다.

"그럴 애들 아니라는 걸 다 알거든. 누구하고는 달라서."

아, 진짜 짜증 나서. 나는 한이의 컵라면을 빼앗듯이 가져가 계산한 다음 뜨거운 물을 받으러 갔다. 온수계의 온도는 98도를 가리키고 있었다. 나는 내 컵라면에 물을 먼저 받았다. 생각해 보니 젓가락을 안 가지고 왔다. 나는 한이의 컵라면을 뜯기 전에 카운터로 젓가락을 가지러 갔다. 돌아와 보니 박지훈이 한이의 컵라면을 뜯고 있었다.

"니가 왜 그거 건드리냐?"

내 말에 박지훈은 재수 없게 웃으며 대답했다.

"왜? 친구 사이에 컵라면 물 대신 받아 줄 수도 있지."

그러자 난처해진 건 한이였다.

"이리 줘. 내가 할래."

"괜찮아, 한이 건 내가 해 줄게."

한이라고 하는 것도, 저 능글맞음도 정말 마음에 안 든다. 게다가 한이가 끝까지 자기가 하겠다고 컵라면을 붙들자 한이 손가락을 일일이 잡아 떼어 내기까지. 한이는 미안한 듯 웃었다. 너, 저 새끼한테 웃어 주지 말라니까. 박지훈은 한이 컵라면에 뜨거운 물을 부으며 말했다.

"그거 알아? 한이 너, 손 진짜 예쁘다."

저 새끼가!

그 순간 내 머릿속에 불이 붙었다. 나는 나도 모르게 박지훈의 어깨를 세게 밀쳤다. 그리고 나보다 몸집이 작은 박지훈이 휘청, 넘어지는 순간 아차 싶었다. 박지훈은 뜨거운 물이 담긴 컵라면을 들고 있었고, 바로 옆에 한이가 있었다.

넘어지는 박지훈을 잡으려던 한이의 손 위로 컵라면이 엎어졌다. 온수계의 온도는 98도. 한이의 손 위로 덜 익은 면발과 뜨거운 국물이 그대로 쏟아졌다.

"정한이!"

"한이야!"

한이는 손목을 붙잡고 주저앉았다. 나와 박지훈이 동시에 한이의 이름을 외쳤다. 내가 한이의 손을 잡자 한이는 비명을 질렀다. 새빨갛게 부어오른 손. 한이가 제일 아끼는, 내가 좋아하는 손.

"병원부터 가자, 아니, 찬물!"

내가 소리치는데 한이가 눈물을 뚝뚝 흘렸다. 그리고 말했다.

"박지훈, 너 안 다쳤어?"

뭐? 왜 그 녀석을 걱정하는 건데? 갑자기 울컥 눈물이 나왔다. 박지훈은 멍청한 얼굴로 한이와 나를 내려다보고 있었다. 뜨거운 물 한 방울도 튀지 않은 듯, 박지훈은 멀쩡했다. 내 눈에서 눈물이 후두둑 떨어졌다. 한이가 놀란 듯 나를 보았다.

"승환아, 울어? 왜 울어. 나 괜찮아."

아니, 그게 아니라. 네가 다쳐서 우는 게 아니라, 아니, 그게 맞는데…… 아니…… 아, 씨…….

다음 날 한이의 오른손에는 붕대가 감겨 있었다. 내가 붕대 감은 손을 잡지도 못하고 쩔쩔매자 한이가 나를 위로했다. 아무것도 아니야. 나 괜찮아. 나는 결국 한이 앞에서 또 엉엉 울어 버리고야 말았다. 한이가 머뭇거리다 그날 처음으로 내 어깨를 안아 주었지만 눈물이 쉽게 멎지 않았다.

그렇게 아끼던 손인데.

"미안해."

"승환아. 나 진짜 괜찮아. 펜 잡을 때 불편한 것도 없고 붕대도 금방 풀 거야. 울지 마. 응?"

아. 진짜 도움 안 되는 남자친구.

그리고 한이. 정한이. 내 여자친구.

얼마 후 학원 1층 편의점은 문을 닫았다. 상담실에 가서 꾸중

들을 때 들은 이야기에 따르면, 엄마들이 몰려와서 원장에게 쉬는 시간에 편의점 출입을 금지시켜 달라고 요구했다고 한다. 애들 싸우기나 하고 건강에도 안 좋은 컵라면이나 사 먹는다고. 원장도 애 하나가 붕대를 감을 정도로 다치기까지 했고, 그 애가 정한이라는 걸 알고는 생각해 보겠다며 엄마들을 돌려보냈단다.

그리고 나는 아직도 단결학원에 다니고 있다. 한이는 리얼스터디에 다닌다. 한이의 검지와 중지에는 크지는 않지만 흉터가 남았다. 한이와 나는 아직 사귀고 있지만, 나는 한이의 눈을 똑바로 볼 수가 없다. 한이는 외고에 가지 않겠다고 선언했다. 일반고에서 내신 등급을 잘 받는 게 유리할 거라고 당차게 말했다지만, 나와 한이만은 그 진짜 이유가 무엇인지 안다. 우리는 예전보다 조금 더 자주 손을 잡고 다니게 되었다. 그리고 한이의 오른손이 내 왼손과 퍼즐 조각처럼 꼭 들어맞는다는 걸 알게 되었다. 사귄지 일 년 반이 넘어 알게 된 사실이다.

어쩌면 나는, 장래희망이 성형외과 의사로 바뀌게 될지도 모르겠다. 내 영어 성적은 조금씩 오르고 있다. 얼마 전에는 91점을 맞았다.

“오승환, 너 그거 들었냐?”

학원에서 문제집을 풀고 있는데 누군가 내 어깨를 툭 쳤다. 나는 뒤를 돌아보았다. 녀석은 큰 비밀이라도 말해 주는 것처럼 내 귀에 속삭였다.

“편의점 자리에 도시락집 생긴대.”

라면 전쟁이 도시락 전쟁으로 바뀔 것 같다. 그리고 한이랑은 절대 도시락집 안 갈 거다. 절대로.

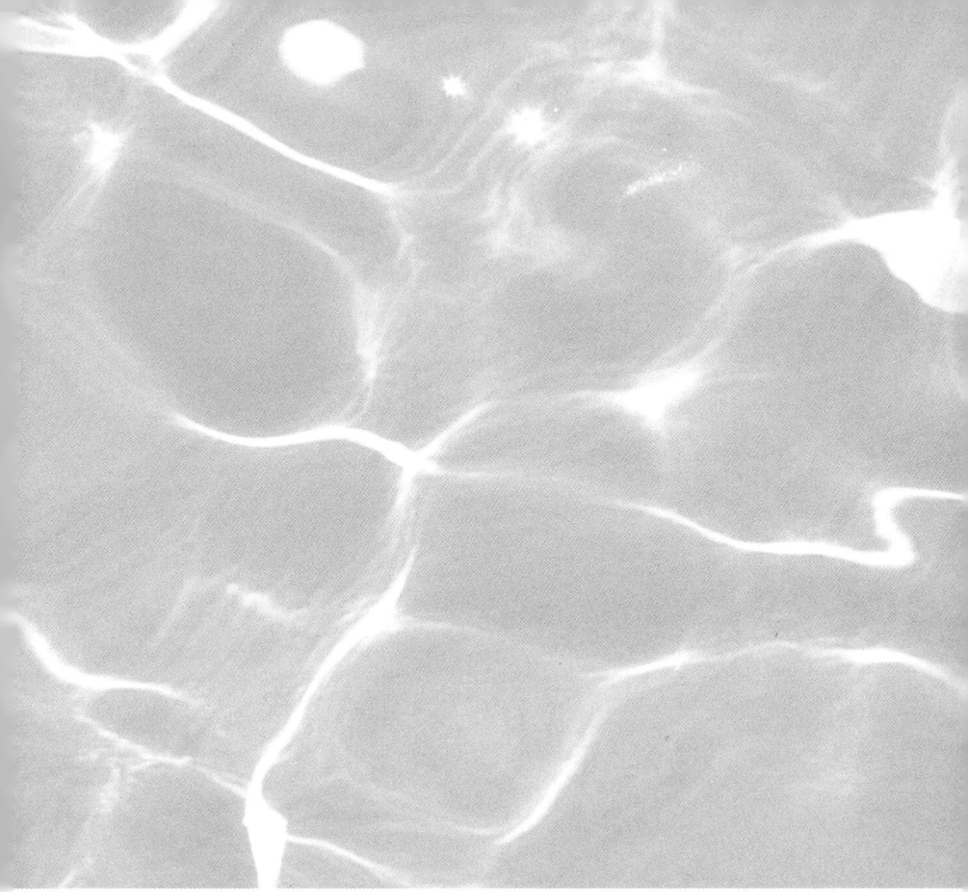

하늘의 파랑, 바다의 파랑

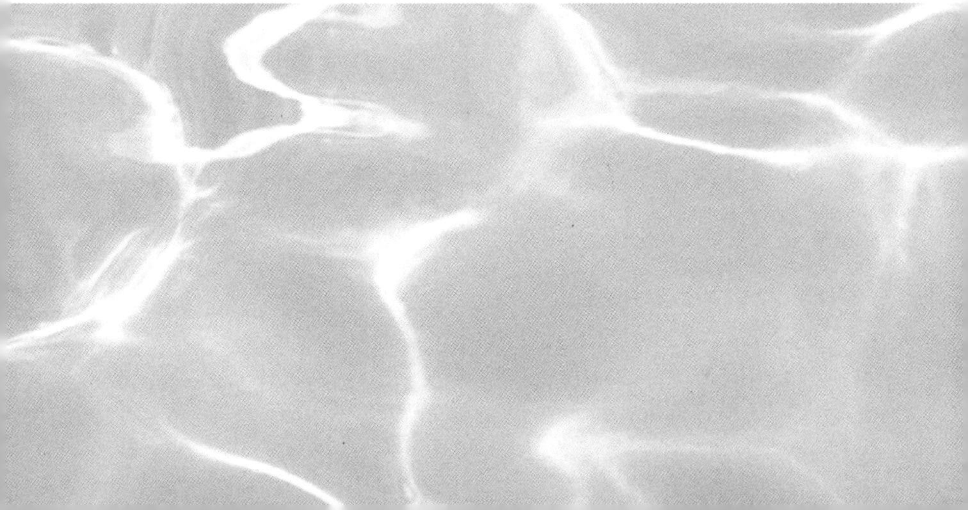

가하는 보육원 마당에 서서 하늘을 올려다보았다. 공중 도시 상층부에서 깜박이던 불빛도 거의 다 꺼진 깊은 새벽이었다. 곧 태양이 뜨겠지.

가하는 어둠 속에 뿌려진 빛나는 별을 보며 눈을 가늘게 떴다. 한때 저곳으로 가고 싶어 했던 것을 가하는 후회하지 않았다. 그러나 지금, 공중 도시에서 가장 낮은 곳으로 가는 것도, 어쩌면 땅 위에 발을 디뎌야 할지도 모르는 생활을 택한 것도 가하는 후회하지 않았다. 보육원 정문 앞에 배웅 나온 비오 수사가 손을 흔들었다. 가하는 눈을 감았다 떴다. 경비대 기숙사로 가져갈 짐은 가방 몇 개로 충분했다. 더 낮은 곳으로 가는 발걸음이 즐거운 것은 처음이다. 아니, 처음이 아니다.

안녕, 잘 있어.

아마 지금쯤, 나루는 해저 중앙 도시로 가기 위해 집을 나섰을 것이다.

만 년 전. 끝없이 멀어지기만 하던 대륙들은 지각변동을 통해 다시 한 점으로 몰려들기 시작했다. 대륙은 지구가 처음 생겨났을 때처럼 하나의 거대한 판게아로 바뀌어 갔다. 숱한 지진과 화산 폭발로 지구의 몸이 흔들릴 때마다 대기가 바뀌고 기온이 바뀌었다. 사람들은 더 이상 인간이 만물의 영장임을 선언하지 않았다. 대기 중의 산소 농도가 짙어지자 곤충들의 몸집이 빠르게 커졌다. 사람들은 살길을 찾아 두 무리로 나뉘었다. 공중 도시를 건설하는 사람들이 있었고, 해저 도시를 건설하는 사람들이 있었다. 그리고 두 집단은 서로 다르게 변해 갔다.

백 세대 전의 내 조상은 왜 공중 도시를 택한 걸까. 어린 가하는 과학 수업을 들으면서 생각했다. 그때도 가하의 몸에는 높은 곳의 아이들이 던진 돌과 쓰레기에 맞아 생긴 흉터가 있었다. 높고 부유한 사람은 높은 곳에, 낮고 가난한 사람은 낮은 곳에 사는 것이 공중 도시의 질서였다.

사람들이 지상에 살던 때에도 돈 많은 사람들은 초고층 아파트에 살았겠지. 그래 봤자 지금 공중 도시의 최하층보다 낮았겠지만 말이다. 어린 가하의 상처에 약을 발라 주며 비오 수사는 이렇게 말하곤 했다. 보육원은 공중 도시의 가장 낮은 지역에 있었다. 높은 곳으로 물을 끌어 올리려면 많은 돈이 들기 때문에 어쩔 수 없는 선택이었다.

낮은 곳에 선 아이가 높은 곳을 동경하는 것은 공중 도시에서는 자연스러운 일이었다. 고등교육을 받게 된 날, 비오 수사는 가하에게 졸업하면 뭘 하고 싶으냐고 물었다. 가하는 한 치의 망설임도 없이 대답했다. 인공위성 관제 센터에 갈 거예요. 가장 높은 곳으로요. 비오 수사는 말없이 교복을 입은 가하의 어깨를 털어 냈다. 부모가 없는 아이들은 보육원에서 고등교육까지만 받을 수 있었다. 그 이상의 학업은 스스로 돈을 벌어 감당해야 했다.

"너네 빨리 안 자? 11시 넘었어. 곧 12시라고."

가하의 말에도 아랑곳없이 베드로 반의 아이들은 재잘대기에 여념이 없었다. 여섯 살부터 여덟 살까지의 남자아이들 일곱 명이 부대끼는 베드로 반은 하루도 조용할 날이 없었다. 가하는 시계를 쳐다보고 한숨을 쉬었다. 비오 수사님, 오늘은 안 된다고 그렇게 말씀드렸는데 왜 이 꼬맹이들을 나한테 맡기신 거야.

가하의 다리에 아이 하나가 달라붙었다.

"가하 형, 무서운 얘기 하나만 해 주면 잘게. 응?"

"화장실 못 가려고? 안 돼."

가하가 고개를 젓자 아이들이 우르르 가하의 다리를 붙잡고 늘어졌다. 형, 하나만. 응? 하나마안. 모란앵무 여러 마리가 빽빽대는 것 같은 소리에 가하는 인상을 썼다. 가하는 두 손으로 얼굴을 쓸어내렸다. 하여튼 남자애들은 골칫덩어리야. 아이들은 눈치 빠르게 제각각 침대로 올라가 앉았다. 가하는 헛기침을 하며 목청을 가다듬었다. 새벽 1시가 되면 지상으로 내려가는 게

이트가 닫힌다. 최대한 빨리 아이들을 재워야 한다는 조바심이 차올랐다.

"그래서, 물속에서 해저 인간이 쓰으으윽 올라오는데…… 코가 있어야 할 자리에 콧구멍만 딱!"

가하가 코를 손으로 가리고 얼굴을 쑥 내밀자 아이들이 이불 속으로 파고들며 깔깔거렸다. 가하도, 아이들도 해저 도시에 사는 사람들을 직접 만나 본 적은 없었다. 정부의 높은 사람이나 외교관쯤 되면 모를까. 방송에 나오는 해저 도시의 사람들은 공중 도시의 사람들과 얼굴이 미묘하게 달랐다. 얼굴이 좀 더 평평하다고 해야 하나, 물고기를 닮은 것 같았다.

코가 없다는 이야기는 괴담처럼 공중 도시에 퍼져 있었다. 해저 도시에서는 물속의 산소를 더 효과적으로 들이마시기 위해 호흡기관을 아예 바꿔 버린다고 했다. 코를 잘라 버리고 아가미로 숨을 쉰다는 것이다. 물론 실제로 코가 없는 해저 도시 사람을 봤다는 사람은 없었지만, 가하의 조잡한 흉내만으로도 상상력 풍부한 아이들은 눈을 반짝이며 재미있어했다. 몇몇 아이가 벌써 잠이 든 듯 새근대는 숨소리가 베드로 반 안에 퍼졌다.

"잘 자라, 꼬맹이들."

"잘 자, 가하 형."

가하는 가방과 고글을 챙겨 보육원을 나섰다. 비오 수사가 가하를 보고 싱글싱글 웃었다.

"그래, 베드로 반은 다 잠들었고?"

가하가 입을 삐죽 내밀며 투덜거렸다.

"네. 아주 잘 잠들었으니 걱정 마세요. 아무튼 다녀올게요."

신발 끈이 잘 매어지지 않았다. 가하가 신발 끈을 쭉쭉 잡아당겨 푸는 사이, 비오 수사가 나지막하게 말했다.

"미안하다. 밤마다 나가게 해서."

가하는 어깨만 으쓱해 보였다.

인공위성 경진 대회에서 쓸 부품을 구하려면 돈이 필요했다. 인류가 지표면에 살던 때 쏘아 올렸던 구세대 인공위성들은 수명을 다하고 다시 지구로 떨어졌다. 돈이 부족한 아마추어들은 구세대 인공위성이 떨어진 곳을 어림짐작해 지도를 만들어 공유했다. 지상에 내려가는 것은 위험한 행동이었지만, 지상과 공중 도시를 지키는 경비대도 어느 정도는 눈감아 주는 일이었다. 고등교육 수준 경진 대회의 인공위성이라면 수명을 다한 부품들로도 충분히 만들 수 있었다. 간혹 아직 쓸 만한 부품을 발견하면 내다 팔아 돈을 벌 수도 있었다. 그러므로 비오 수사가 가하에게 미안해할 부분은 없었다. 비오 수사가 가하를 고아로 만들어 보육원에 데려온 것도 아니었고, 인공위성 경진 대회에 나가라고 등 떠민 것도 아니었으니까. 가장 높은 곳에 올라가고 싶다는 것은 순수하게 가하의 의지였다. 지금과는 다르게 살고 싶었다. 차별받지 않고, 비웃음당하지 않으며.

가하는 내려가야 할 위치를 확인하고, 지문 인식기에 손을 댔다. 지상으로 내려가는 게이트가 열렸다.

기압이 높아지면서 공기의 밀도가 달라졌다. 땅에 발을 디딘 가하는 잠시 비틀거렸다. 머리를 내리누르는 것 같은 느낌을 고개를 저어 털어 냈다. 이건 높은 고도에 사는 아이들이 낮은 고도에 사는 자신을 놀릴 때 하던 몸짓이다. 그리고 그때마다 날아들던 돌멩이.

가하가 내려온 곳은 아직 해가 지지 않아 하늘이 붉었다. 해가 완전히 지기 전에는 움직이고 싶지 않았다. 가하의 몸집만 한 드래곤플라이나 육식 풍뎅이가 잠들 때까지는 가만히 있는 게 현명했다.

해가 완전히 지고 나자, 가하는 서둘러 발을 내딛었다. 이번에 떨어진 구세대 인공위성은 비교적 최근에 만들어졌기 때문에 누가 주워 가기 전에 서둘러야 했다. 반년 후에 있을 인공위성 경진대회에서 최고상을 받아야 항공학과에 들어갈 수 있고, 졸업 후 인공위성 관제 센터에 갈 수 있었다. 그렇게 되면 지금과는 다른, 위로 올라가는 삶을 살 수 있을 것이다. 가까이에 바다가 있는지, 공기 속에서 짙은 습도가 느껴졌다.

열과 빛을 감지하는 고글을 쓴 가하가 말했다.

"좋아, 가자."

숲을 지나니 곧 해변이었다. 아직 식지 않은 모래가 붉게 빛을 발하고 있었다. 그리고 저 멀리 붉은 모래 위에서 모래보다 더 강한 열을 발하고 있는 금속 덩어리들이 보였다. 낙하 지점 지도는 정확했다.

가하는 부품 하나하나를 가방 안에 집어넣었다. 운이 좋다면 위성 표면을 덮는 특수 강판, 더 운이 좋다면 통신기를 주울 수 있을지도 모르겠다는 생각이 들었다. 가하는 휘파람을 불었다. 먹이를 찾은 새처럼 가늘고 푸르게 들뜬 소리. 소리는 서늘한 바람처럼 공기를 가르며 화살이 되어 날아갔다.

가하의 가방은 조금씩 차올랐다. 차가운 밤공기에 금속과 모래가 빠르게 식어 가는 것이 느껴졌다. 모든 게 식어 버리고 나면 고글이 제 기능을 하지 못해 금속 물체를 찾는 건 불가능했다. 그렇다고 불을 켜면 곤충의 표적이 될 것이다. 내일 다시 내려올까. 가하는 가방을 벗어 놓고 바닥에 주저앉았다. 내일은 그 꼬맹이들이 일찍 잠들…….

그때 등 뒤에서 강한 바람이 불어왔다. 가하는 앞으로 밀려나려는 몸을 간신히 지탱했다. 뒤를 돌아본 순간, 가하의 눈이 크게 떠졌다.

"……!"

커진 눈 안으로 폭발하듯 강렬한 빛이 쏟아져 들어왔다. 다리 하나가 가하의 몸통만 한 육식 반딧불이었다. 젠장, 수천 개의 겹눈이 가하를 주시하고 있었다.

가하는 앉은 채로 천천히 뒤로 물러났다. 바다로 들어가야 했다.

물이 필요해. 몸을 감춰야 해.

수영을 전혀 못한다는 건 중요한 일이 아니었다. 어떻게든 몸을 숨겨야 했다. 반딧불은 물 안에 있는 먹이를 인식하지 못한다.

반딧불은 여섯 개의 다리로 가하를 정확하게 겨누며 다가왔다. 가하의 몸도 조금씩 바다에 가까워졌다. 손끝에 마른 모래가, 젖은 모래가 닿더니 미끈거리는 바닷물이 닿았다. 조금만 더…… 라고 생각하며 가하가 손을 뒤로 뻗었을 때, 반딧불도 가하의 몸 위로 다리를 뻗었다.

끝장이다.

가하는 눈을 질끈 감았다. 마지막으로, 힘을 모아 구해 달라는 길고 높은 소리를 뽑아냈다. 아기 새가 천적을 발견했을 때 엄마 새를 부르는 소리. 가하에게는 엄마가 없었지만, 그 소리는 본능적으로 터져 나왔다. 그 순간 무언가가 아주 강하게, 가하를 물속으로 끌어당겼다.

물, 미끈거림, 짠맛, 계속 끌려 들어감, 거품, 아래로, 더 아래로, 암흑, 몸을 짓누르는 압력. 숨을 쉴 수가 없어. 옷을 잡은 걸 보면 발톱이 있는 종인가? 그럼 물고기는 아닐 텐데. 뭐야. 넌 뭐야? 누구야? 아니, 누구라도 좋으니까 좀,

살려 줘!

가하가 몸부림을 쳐도 가하를 붙잡은 무언가는 계속 아래로 향했다. 귀와 코와 입에 바닷물이 가득 차는 것 같았다. 가하가 반쯤 정신을 잃고 몸을 늘어뜨리자 아래로 끌고 내려가던 움직임이 멎었다. 그리고 좀 전보다는 느리게, 위로 올라가기 시작했다. 가하는 가물거리는 정신을 붙잡으며 생각했다. 죽는 줄 알았네.

가하의 몸이 물에서 건져져 바위 위에 얹혔다. 허리 위쪽은 바위에, 허리 아래쪽은 바다에 잠긴 채 축 늘어진 가하의 몸을 무언가가 흔들었다. 가하의 눈, 코, 입이 동시에 열리며 물을 토해냈다. 가하는 미친 듯이 콜록거리며 몸 안에 남은 바닷물을 뱉어냈다. 누군가 배를 쥐어짜는 것처럼 기침이 멈추지 않았다. 쌕쌕거리는 금속성의 소리가 가하의 입에서 튀어나왔다. 소리는 멀리 퍼져 나가려다가, 가까이 있는 무언가에 부딪혔다.

가하는 간신히 눈을 떴다. 수면 위에 까맣고 긴 머리카락이 넘실거리고 있었다. 사람, 아마도…… 사람이었다. 가하는 기침을 멈췄다. 그 애가 귀에서 손을 뗐다. 여자아이였다. 아이의 까만 눈동자가 한심하다는 듯 가하를 보고 있었다.

갑자기 여자아이가 손을 뻗어 가하의 얼굴을 만졌다. 따뜻하지만 가하의 체온보다는 낮은 손끝이 가하의 콧날, 눈, 귓가를 넘나들었다. 익숙하지 않은 접촉에 가하는 당황했지만 고개를 돌리지는 않았다. 까만 머리카락을 귀 뒤로 쓸어 넘긴 여자아이가 입을 열었다.

"……너는, 누구야?"

말, 이었다. 해저 도시와 공중 도시 사이에 공용어로 쓰이는 언어. 그 애는 부드러운 목소리로 가하에게 누구냐고 물었다. 가하가 대답하지 않자 여자아이가 다시 말했다.

"나는, 나루야. 해저 도시에 살아."

아픔과 추위, 눈앞에 있는 여자아이의 정체에 대한 호기심, 난감함, 물에 흠뻑 젖은 옷의 무거움. 공용어로 표현하기엔 너무 복잡한 감정들이었다.

가하의 소매 끝에서 물이 뚝뚝 떨어졌다. 가하는 젖은 소매로 얼굴을 훔치고, 갈라진 목소리로 대답했다.

"나는, 가하야. 공중 도시에 살아."

자신을 나루라고 말한 그 여자아이는, 다시 손을 뻗어 가하의 얼굴을 탐색했다. 눈과 눈 사이, 코와 입 사이를 부드럽게 더듬던 손길이 입술에 닿자 가하는 고개를 돌렸다. 자신이 서 있던 해변이 보였다. 도저히 혼자서 헤엄쳐 올 수 없는 먼 거리였다. 허리 아래를 휘감은 바닷물이 출렁일 때마다, 여자아이의 다리가 가하의 다리에 닿았다가 떨어졌다. 여자아이는 어깨 아래를 물에 담근 채 물결에 다리를 내맡기고 있었다. 가하는 더듬더듬 공용어로 물었다.

"네가 날 데리고 온 거야?"

"응."

"여긴 어디야?"

"바다."

"바다…… 어디야?"

"몰라."

가하는 바위 위에 걸터앉아 무릎을 끌어안았다. 목숨을 건졌다는 안도감보다 바다에 갇혔다는 공포감이 더 컸다. 대체 어떻게 집으로 돌아가야 하지? 아니, 돌아갈 수는 있을까? 추위가 몸을 후비고 날카롭게 곤두선 신경이 머리 내부를 찔렀다. 위턱과 아래턱이 딱딱 부딪혔다. 나루가 팔을 뻗어 가하의 다리를 안았다. 젖은 바지 너머로 나루의 가슴과 온기가 느껴졌다. 가하는 움찔거리다가 포기하고 다리에 힘을 뺐다. 그래, 어떻게든 방법이 있을 거다. 육지는 멀었고, 어두운 밤이었다. 날이 밝기를 기다리는 수밖에 없었다. 그나저나 이 여자아이는 왜 돌아가지 않는 거지? 해저 도시에 사는 사람들은 물 밖으로 나오는 일이 별로 없을 텐데? 가하는 공용어로 생각들을 표현하는 게 무리라고 판단했고, 그 대신 몸으로 말했다. 나루의 어깨를 툭툭 치고, 나루와 시선을 맞추고 물 아래를 손으로 가리켰다. 그러자 나루가 대답했다.

"새벽에는 큰 물고기들이 돌아다녀. 해가 뜨기 전엔 못 돌아가."

가하가 고개를 끄덕였다. 그러면 우리는 둘 다 해가 뜰 때까지 여기 있어야 하는 거구나. 한숨이 나왔다. 외국인, 혹은 외계인.

자신을 기다리고 있는 이들을 떠나 낯선 존재와 하룻밤을 보내야 한다는 건 유쾌한 일은 아니었다. 하지만 이 망망대해에서 의지할 곳이라고는 공용어를 잘하는 해저 도시 여자애 하나뿐이었고, 그것은 몸에 밀어닥치는 바닷바람만큼 분명한 현실이었다.

그때 물 아래에서 강한 진동이 느껴졌다. 나루가 흠칫 몸을 떨었다. 그러고 보니 아까 큰 물고기들이라고 했지……. 가하는 몸을 웅크려 바위 위에 자리를 만들었다. 그리고 손을 뻗어 나루를 잡았다.

"이 위로 올라와. 같이 있자…… 아침까지."

나루가 바위 위로 올라왔다. 발가락 사이의 물갈퀴를 보고 가하는 입을 벌렸다. 정말이구나. 우리와 다르구나. 나루는 젖은 머리카락을 비틀어 짜며 가하를 보았다. 무언가를 묻듯이 빤히 바라보는 나루의 표정에 가하는 괜히 얼굴이 붉어졌다. 나루가 말했다.

"안 들려?"

아, 해저 도시에서는 음성이 아니라 생각으로 서로 대화한다고 했지. 나루는 아마도, 가하에게 무슨 말인가를 걸고 있었던 모양이었다. 가하는 고개를 저었다. 안 들리는구나. 나루는 그렇게 생각한 듯, 가하에게 몸을 기댔다. 소금기 어린 바람이 두 개의 몸을 스치고 잡아당기고 밀었다. 아마도 해가 뜨고 나야 위로 돌아갈 수 있겠지. 구조탄을 써야겠다. 가하는 주머니 안에 들어 있는 구조탄을 만지작거렸다. 날이 밝을 때까지, 둘은 공용어로 서툰 대화를 나눴다. 가하가 물으면 나루가 대답했고, 나루가 물으면 가하가 대답했다. 언어가 충분하지 못해 질문은 언저리를 맴돌다 떨어졌고, 대답은 가닿지 못했다.

경비대에게 구조되고, 왜 위험하게 바다 한가운데에 있었냐며 신나게 혼이 난 후, 가하는 반성문을 썼다. 함부로 바다에 뛰어든 것에 대한 반성이었다. 경비 대원 도균은 자신이 빌려준 헐렁한 티셔츠 차림인 가하를 보고 피식 웃었다.

"물에 빠진 생쥐가 따로 없더라. 너, 그렇게 작아서 누가 만 열일곱으로 보냐?"

"도균 형, 옷 빌려준 건 고마운데 시비는 걸지 마요. 전 언어가 달려서 반성문 쓰기 되게 힘들거든요."

입만 살아 나불대지, 라고 말을 하면서도 도균은 세탁한 가하의 옷을 가져다주었다. 해변에 둔 채 잊어버린 가방도 함께였다. 가하의 눈이 반짝였다.

"형 최고! 완전 사랑해요. 이거 내 목숨만큼 귀중한 건데!"

"목숨만큼 무겁기는 하더라. 인공위성 부품이지? 안 가져오면 네가 또 내려가서 사고 칠 거 같아서 특별히 챙겼지."

"고마워요. 진짜로."

가하는 가방을 받아 한쪽에 놓았다.

도균은 반성문을 쓰는 가하에게 물었다.

"항공학과에 가겠다는 애들은 많은데, 너처럼 목숨 걸고 애쓰는 애는 처음 봤다. 대체 이유가 뭐냐?"

가하는 연필을 쥔 손을 멈추고 도균을 물끄러미 올려다보았다.

"누구나 비슷하지 않아요? 위로 올라가고 싶은 거."

"그러니까, 왜 올라가고 싶냐고."

"그야……."

가하는 다시 손을 움직였다. 잘못했습니다, 다시는 그러지 않겠습니다, 반성의 말을 기계적으로 써 나가며 가하는 중얼거렸다.

"계속 다른 사람들을 올려다보며 살고 싶지는 않아요."

그런데 정말로 이상한 건, 보육원으로 돌아와 호된 꾸지람을 듣고도, 다음 날 학교에 나가서 얼빠진 녀석 소리를 듣고도, 가하의 머릿속에 맴도는 바닷물의 촉감이었다. 손을 뻗으면 손끝에 닿는 것처럼, 누워 있으면 옷에 스며드는 것처럼 생생했다. 아니, 바닷물보다 뜨거웠다. 체온이었다. 가하보다는 낮던, 그러나 밤공기보다는 높던 체온. 그리고 바위에 낀 이끼만큼 부드럽게 흩어지던 목소리.

'나는, 나루야.'

바다는 어둠이었다. 아래로 내려갈수록 높아지는 압력, 낮아지는 수온, 비틀린 듯 이상하게 생긴 물고기들. 어둠은 언제나 무서웠다. 엄마와 아빠는 어둠 속에 있었다. 가까이 가면 더 어두운 곳으로, 더 먼 곳으로 사라졌다. 그런데 그 어둠 안에 사는 사람을 만나게 될 줄이야.

'해저 도시에 살아.'

다리에 닿던 부드러운 감촉, 어깨에 닿던 까만 머리카락. 새벽 추위를 피하기 위해 가까이 붙어 앉았던 시간. 공용어가 그렇게 다정한 언어인 줄은 몰랐다. 바닷물의 무거움이 부드럽게 느껴질 수 있다는 것도 상상해 본 적이 없었다.

어쩌다가, 이렇게 된 걸까. 가하는 인공위성 부품을 닦던 손으로 머리를 감쌌다. 그리고 책상을 뒤져 공용어 교과서를 찾았다.

일주일이 지나 가하는 다시 지표면으로 내려갔다. 해변을 서성거리다가, 크게 심호흡을 하고 바닷물로 들어갔다. 몸에 와 닿는 묵직하고 거대한 어둠이 가하를 받아 안았다. 처음으로, 가하는 사람이 몸에 힘을 빼면 물 위에 뜬다는 것을 알았다. 물 위에 뜬 채로 하늘을 보자 몸은 천천히 조류를 따라 나아갔다. 공중 도시에서 볼 때도, 물 위에 누워서 볼 때도 하늘은 아득하게 멀고 멀었다. 기분이 나쁘지 않아서 가하는 눈을 감았다. 밤이 깊어지기 전, 가하는 쉼과 헤엄을 반복하며 바위에 닿았다.

"만나서, 반가워."

이 말을 하고 싶어서.

가하의 수영 실력과 공용어 실력은 빠르게 늘어 갔다. 학교가 끝나면 보육원으로 돌아와 저녁때까지 잠을 잤다. 일주일에 한 번씩 해가 지면 지표면으로 내려와 부품을 줍고, 밤이 깊어지기 전 바위까지 헤엄쳐 갔다가 나루를 만나고 돌아왔다. 가하의 팔에는 조금씩 근육이 붙었다. 그러나 가하의 발가락 사이에 물갈퀴가 돋는 일은 없었다. 어릴 적, 새가 되고 싶다고 아무리 간절하게 기도해도 등에 날개가 돋아나지 않았던 것처럼.

다음 만남을 기다리는 시간이 너무 길어서 가하는 공용어로 쉽게 대화할 수 있는 사이트를 찾아냈다. 가하와 나루는 서로가 나눌 수 있는 수많은 이야기를 나눴다. 무엇을 좋아하는지, 사는 곳은 어떤지, 꿈이 무언지. 나루는 해저 도시의 심해 조사 연구원이 되고 싶다고 했다. 그러려면 졸업 후에 호흡기관을 바꾸는 아가미 수술을 받아야 한다고 했다. 자신은 고래증후군이라는 병이 있기 때문에 주기적으로 수면 위로 올라와 지상의 공기를 마셔야 한다고, 고래증후군을 고쳐야만 심해 조사 연구원이 될 수 있다고 했다. 화면을 가득 메운 나루의 말을 읽다가 가하는 다른 창을 띄워 고래증후군에 대해 찾았다.

고래증후군. 심해와 해수면을 지속적으로 오가며 신체의 균형을 맞춰야 하는 병. 해저 도시에서만 발병되며 아직 정확한 원인은 파악 불가. 아가미 수술을 통해 치료할 수 있다. 나루는 일종의 장애를 안고 있는 셈이었다. 나루는 보다 더 물고기에 가까워지기 위해 애쓰고 있었다.

그렇다면, 나는?

가하는 자신의 손바닥을 내려다보았다. 한때, 손 대신 날개가 달리게 해 달라고 빈 적이 있었다. 새가 되고 싶었다. 생물은 어류에서 양서류로, 파충류로 진화했고 포유류와 조류로 나뉘었다. 포유류는 새가 될 수 없다. 하지만 공중 도시의 사람들은 조금씩 변해 가고 있었다. 최상층 아이들의 골밀도가 환경에 적응하기 위해 점점 낮아지고 있다는 연구 결과가 끊임없이 쏟아져 나오고 있었다. 꼭 최상층에서 태어나지 않아도, 기압이 낮은 곳에서 오랜 시간 생활하면 골밀도는 변한다. 삼 년간 우주와 관제센터를 번갈아 가며 근무한 사람들의 골밀도가 줄어들었다는 최근 연구 결과가 창에서 반짝이고 있었다.

높은 곳에 한번 적응한 골밀도는 다시 높아지지 않을 것이다. 그러면 지상의 압력을 견디지 못할 수도 있다. 지표면에서 걷고 달리고 구르면 뼈가 부러질 수도 있다. 다시는 내려갈 수 없을지도 모른다. 다시는.

나루를 만나지 못할지도 모른다.

가을이 지나고 겨울이 가까워지고 있었다. 인공위성 경진 대회는 겨울에 열렸다. 계절이 바뀌면서 바닷물은 나루와 처음 만났던 여름보다 훨씬 차가워졌다. 그러나 가하에게는 이제 바닷물의 한기와 거센 물살이 아무런 방해가 되지 않았다. 무거운 옷을 입고도 바위까지 헤엄칠 수 있게 되었다. 잠수했다가 다시 수면 위로 올라오는 순간 밀려드는 차가움이 두렵지 않았다.

"조금 있으면 겨울이 올 거야. 그렇게 되면 바다에도 눈이 내릴 거야."

해저 도시에는 겨울이 없어서, 나루는 눈을 본 적이 없었다. 가하는 나루의 손바닥에 육각형의 결정 모양을 그리며 말했다. 이렇게 생긴 아주 작은 눈송이들이 셀 수 없이 하늘에서 바다로 떨어질 거야. 아주 작은 물방울들이 얼어서 내리는 거지. 그러니까……

같이 보자, 라고 말하려는 순간 나루가 입을 열었다.

"엄마랑 싸웠어. 가하 네 이야기를 했어. 좋아하는 남자아이가 생겼다고. 공중 도시에 살지만 나와 다르지 않은 사람이라고. 그랬더니 엄마가 말했어. 너, 이제 수술 한 달밖에 안 남았어. 심해조사 연구원이 되고 싶은 거면 수술을 꼭 받아야 해……. 엄마 표정이 굉장히 복잡했어."

가하는 입술을 깨물었다.

"아가미 수술을 해도, 수면 쪽으로 올라올 수 있어?"

가하가 물었다.

"응. 올라올 수 있어."

나루는 확신에 차서 고개를 끄덕였다. 가하의 목 안에서 무거운 덩어리가 밀치고 올라오는 것 같았다.

"하지만…… 말은 못 하게 되는 거지?"

공용어는 성대와 코 안의 빈 공간인 비강을 사용해서 말해야 한다. 수술을 하면 비강의 구조가 변해 소리를 낼 수 없고 대화를 나눌 수 없다. 공용어를 쓰는 사람들은 방송인이거나 수면 위아래를 자주 넘나드는 특수한 직업을 가진 사람들인데, 심해 조사 연구원은 그들과는 거리가 멀었다. 오로지 더 깊이, 더 깊이 바닷속으로 들어갈 뿐이다. 나루는 입을 벌렸지만 소리가 나오지 않았다. 가하는 손을 뻗어 나루의 손을 잡았다.

그렇구나.

나루는 해가 뜬 뒤에도 바닷속으로 돌아가려 하지 않았다. 가하는 나루를 두고 혼자 해변으로 헤엄쳐 갔다. 몸은 물에 뜨는데, 마음은 점점 더 가라앉는 것 같았다.

알고 있었다. 고래증후군에 관한 연구 결과뿐 아니라, 해저 도시와 공중 도시 인류의 변화를 다룬 자료는 모두 찾아서 읽었다. 골밀도가 달라지듯, 물갈퀴가 생겨나듯, 해저 도시와 공중 도시 사람들의 DNA는 이미 달라져 있었다.

나루와 나는 다른 인간이야.

그 후로 나루는 수면 위로 올라오지 않았다. 두세 번 허탕을 친 이후로는 가하도 내려가지 않았다. 가하는 촉박한 시간 속에서 밤늦게까지 경진 대회를 준비했다. 그러면서도 틈틈이 메시지를 보냈다. 이제 점점 추워지고 있어. 네가 걱정돼. 보고 싶어. 답장 줬으면 좋겠다. 메시지는 '읽음'이라는 알림만 남겼다. 나루의 목소리가 그리웠다.

드디어 인공위성 경진 대회 날이 왔다.

가하는 에스컬레이터와 엘리베이터를 다섯 번 갈아타고 나서야 경진 대회가 열리는 B타워에 도착할 수 있었다. 가하가 평생 와 본 곳 중 가장 높은 곳이었다. 참가자들의 학교와 지역이 실린 명단을 보고, 가하는 자신이 여기 모인 50명의 아이들 중에서 가장 낮은 곳에 사는 사람이라는 것을 알 수 있었다. 가하는 주변의 사진을 찍어 나루에게 메시지로 보냈다. 하늘은 흰빛과 푸른빛의 경계에 걸쳐 있었고 건물들은 높이 솟아 있었다. 가장 높은 곳에 관제 센터가 있었다. 사람들의 모습을, 건물을, 가하는 나루에게 보냈다.

경진 대회는 닷새 동안 열렸다. 첫째 날 저녁까지 인공위성 발사체를 만들고, 다음 날 아침 동시에 발사하고, 궤도에 올라 통신이 되는지까지를 확인해야 한다. 가하는 배정받은 방에 가서 짐을 풀어 놓았다. 배터리가 다 떨어져 가하의 단말기는 불통이었다. 가하는 식당 근처에 있는 공용 단말기를 이용해 음성 메시지를 들었다. 비오 수사의 목소리, 베드로 반 아이들의 응원이 담겨 있었다. 막 단말기를 끄려는 찰나, 새 메시지가 도착했다.

"난 거기서 살 수 없어."

나루였다.

경진 대회는 성공적으로 끝났다. 낡은 부품들로 만든 발사체였지만 가하가 만든 위성은 궤도에 진입해 성공적으로 통신을 완료했다. 종합 성적은 50명 중 네 번째였다. 최고상은 못 받았지만 항공학과에 지원할 때 가산점은 얻었다. 게다가 심사위원 중 한 명이 가하에게 연락처를 주었다. 특별 장학 재단을 설립하려고 하는데, 생각이 있으면 연락을 달라고 했다.

가하는 심사위원의 연락처를 단말기에 저장했다가 곧 지워 버렸다. 단말기 바탕화면은 수평선 위로 막 해가 떠오르는 바다 모습이었다. 어느 새벽 가하가 찍은 사진이었다. 나루와 만나던 바위 위에 서서 바라본 바다는 끝도 없이 넓고 아득했다. 이 어딘가에 나루가 있을 거라는 생각에 가하는 밤새도록 바위 위에 앉아 있었다. 빛이 새벽 하늘을 가를 때 가하는 나루가 오지 않을 거라는 걸 알고 사진을 찍었다.

말해 주고 싶었다. 오래도록 공중 도시의 가장 높은 곳에 가는 것을 꿈꿔 왔지만, 이제는 하늘이 아니라 아래쪽을 내려다보는 일이 더 많아졌다고. 바다가 더 이상 무섭지 않다고. 바다가 어둠이 아니라는 것을 나도 이제 알게 되었다고. 어둠 속에 너를 두고 싶지는 않으니까, 나는 이제 바다가 어둠이라고 생각하지 않을 거라고.

가하는 저지대로 돌아왔다. 학교에 가서 인공위성 경진 대회 성적표를 제출했다. 최고상이 아니어서 안타깝다는 선생님의 말에 희미하게 웃으며 그러게요, 라고 대답했다. 이제 어떻게 할 거니? 라는 말에는 침묵을 지켰다.

보육원은 조용했다. 밤이 늦어 아이들은 모두 잠들어 있었다. 가하는 비오 수사의 방으로 갔다. 수사는 가하에게 자리를 내주었다.

"4등이라니, 잘했구나."

"……."

"학비는 어떻게든 해결할 수 있지 않을까? 너는 재능이 있으니까 말이지."

"……신부님, 저요."

가하는 무릎 위에 가지런히 얹은 자신의 손을, 무릎 아래로 보이는 맨발을 내려다보았다. 물갈퀴가 없었다. 손에는 깃털이 없었다. 어류도, 조류도 아닌 모습. 그렇다고 나루와 완전히 같지도 않은 모습.

"경비대에 들어갈래요."

비오 수사의 표정이 착잡함으로 어두워졌다. 높은 곳에서 일할수록 좋은 직업이라는 게 공중 도시 사람들의 일반적인 생각이었다. 지상까지 내려가서 때론 위험을 무릅써야 하는 직업. 사람들은 경비대를 그렇게 생각했다. 공중 도시의 가장 어둡고 낮은 곳에서 도시와 사람들을 지키는 사명을 감당하지만 누구도 원하지 않는 일.

"가하야."

"좋아하는 여자애가 생겼어요."

비오 수사의 표정이 묘해졌다.

"그게 경비대하고 무슨 상관이냐?"

가하는 피식 웃었다. 말을 해 놓고도 이상하다는 생각이 들었다. 그렇지만 수사님, 수사님은 신을 사랑하기 때문에 수사가 되신 거잖아요. 신을 사랑하니까, 이렇게 말썽 많은 어린애들도 돌보면서 사는 거잖아요. 그렇게 따지면 저도 같아요. 따지고 보면 더 나은 삶을 향한 집착, 높은 곳을 향한 동경, 신을 향한 숭배, 한 여자애를 향한 설렘, 불쌍한 사람을 향한 연민…… 모두 애정이잖아요. 애정으로 장래를 선택한다는 거, 그렇게 이상한 일은 아니잖아요. 그러니까, 저는……

"경비대에 들어가고 싶어요."

공용어도 아닌데 왜 이렇게 생각을 표현하는 게 힘이 들까요. 차라리 나루하고 이야기할 때는 쉬웠어요. 공용어로 하지 않아도 서로의 마음이 다 전해지는 것 같았거든요. 솔직히 저, 공부 잘하는 애는 아니잖아요. 공용어도 엉망진창인 나를 나루는 다 이해하는 거 같았어요. 저도 나루가 무슨 생각을 하는지, 저는 해저 도시에서 사는 것도 아닌데, 이해할 수 있었어요. 인정받고 싶어서, 더 이상 낮은 곳에 살고 싶지 않아서 관제 센터에 들어가서 인공위성을 다루고 싶었어요. 그런데 이제 제가 저를 인정해도 되지 않을까 싶어서요. 제가 바다를 좋아한다는 거. 제가 좋아하는 여자애가 바다에 산다는 거. 그러니까 바다와 가장 가까운 곳에서 일하고 싶다는 거.

"그 애가 정말 좋아요."

가하는 달력에 표시해 둔 날짜를 보았다. 경비대에 들어가기로 마음먹은 이상, 교육을 더 받을 필요는 없었다. 경비대 기숙사에 들어가서 경비대 학교를 다녀도 충분했다. 달력에 표시해 둔 날짜는 나루의 수술 날짜였다. 졸업 축하한다는 메시지를 보냈지만, 나루는 답장이 없었다. 가하는 보육원을 나가기 위해 챙겨 둔 짐을 돌아보았다. 아마도 이번이, 민간인으로 게이트를 이용하는 마지막 기회가 되지 않을까. 출입 통제 센터에 도착한 가하는 해변의 좌표를 입력하고, 게이트를 열었다.

바위의 좌표를 알아 둘 걸 그랬어. 그러면 헤엄치지 않고도 바위에 바로 도착할 수 있을 텐데. 하지만 수영 실력은 절대 늘지 않았겠지. 익숙하게 물을 가르며 가하는 생각했다. 바위 윗부분의 이끼를 잡고 올라가 걸터앉았다. 하늘은 낮고 흐렸다. 겨울의 하늘이다.

얼마나 시간이 흘렀을까. 어둠을 뚫고 나루가 바위 위로 올라왔다. 아니, 어둠이 아니지. 네가 있는 곳이 어둠일 리 없으니까. 그러니까 나도 가장 어두운 곳에서 일하는 게 아니야. 가하는 손을 뻗어 나루의 손을 잡았다. 물에 젖은 두 손바닥이 서로 만났다.

"나루야, 나 경비대 들어갈까?"

먼 곳을 보던 나루가 고개를 돌렸다.

"경진 대회 망쳤어?"

음, 망쳤을 거라고 생각하는 건가. 가하는 괜히 좀 서글픈 기분이 들었다.

"그건 아니고……."

경비대는 가장 바다 가까이에서 일하는 직업이거든. 너는 네 꿈대로 바다의 가장 깊은 곳으로 들어갈 거야. 그렇다면 나는 내가 있을 수 있는 한, 가장 너와 가까운 곳에 있고 싶거든.

"오늘은 내가 해변으로 데려다줄게."

나루의 팔이 가하의 허리를 끌어안았다. 물로 뛰어들자 공기를 머금은 옷이 물을 받아 들이며 부풀었다. 처음 나루를 만났던 날처럼, 바다는 고요하고 무거웠다. 그때는 몰랐지. 저 아래에 네가, 네가 사랑하고 아끼는 것들이 숨 쉬고 있다는 걸. 물이 얕아지자 나루는 가하를 놓았다. 둘은 천천히 모래 위로 올라섰다. 발을 내딛을 때마다 젖은 모래가 발아래로 무너지고 밀려들었다. 파도가 닿지 않는 곳에 서자 나루의 맨발에 돋은 물갈퀴가 달빛에 빛났다. 가하는 나루를 끌어안았다. 손에 닿는 등뼈의 느낌, 물에 젖은 머리카락에서 나는 바다 냄새, 뺨과 뺨이 맞닿을 때 느껴지는 서늘함, 어깨에서 팔로 이어지는 선, 물 위로 올라올 때마다 반짝이던 목덜미. 그리고 처음으로 느끼는, 발끝과 발끝의 마주침.

같이 살 수는 없더라도,

가까이에 있을게.

해가 떠오르고 있었다. 나루의 몸이 말라 가고 있었다. 나루가 얼굴을 찡그리자 가하는 옷을 벗어 바닷물에 적셨다. 가하가 티셔츠로 나루의 몸을 덮었다.

"무리하지 마. 돌아가."

가하의 등 뒤에서 숲 냄새를 품은 바람이 불어왔다. 땅 위에 뿌리를 박고 자라는 나무들. 가하도, 나루도 택할 수 없는 길. 가하는 주머니에 손을 집어넣었다.

"운석이야. 인공위성 대회 갔다가 샀어."

나루도 주머니에서 무언가를 꺼냈다. 깨진 조개껍데기로 만든 날카로운 칼이었다.

가하는 보육원 정문을 향해 걸어갔다. 주머니 안에 든 작은 캡

술 안에는 나루의 머리카락이 들어 있었다. 해저 도시와 공중 도시의 과학은 다르게 발달한다. 언젠가는, 머리카락만 가지고도 아이를 만들 수 있을지 모른다. 그러나 그 아이가 가하와 나루의 아이가 될 수는 없을 것이다. 섞일 수 없으니까. 하늘과 바다가 섞이지 않는 것처럼.

만약, 우리가 더 진화한다면, 그래서 우리가 서로 섞일 수 있게 된다면, 사람들은 그걸 뭐라고 부를까? 흐름은 우리를 독립된 개체로 만들려 하는데, 우리는 서로 닮아지기를 바라고 있어. 그럼에도 불구하고, 너랑 나는, 우리가 섞일 수 있는 그 미래를 진화라고 부르기로 하자.

우리는 진화할 거야.

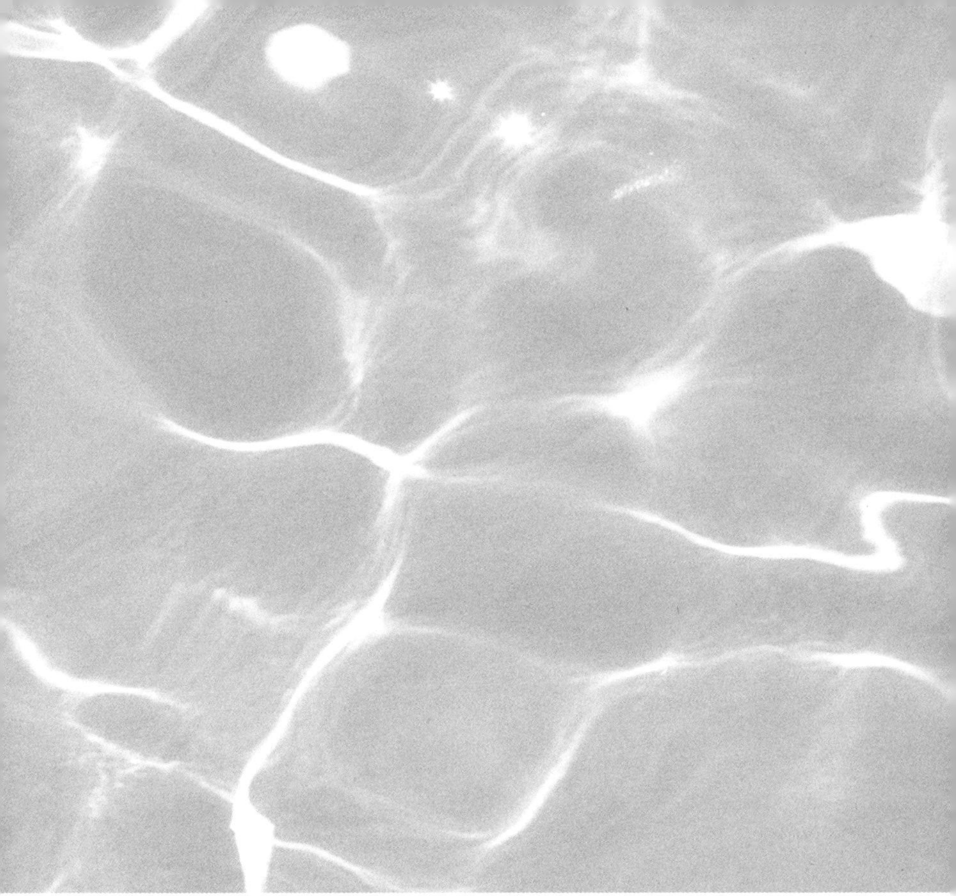

소년소녀 진화론

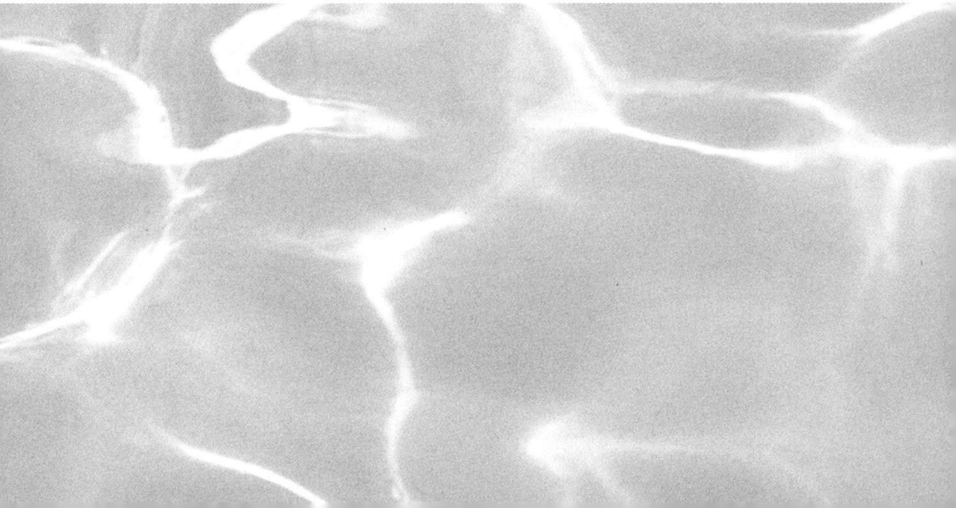

나루는 눈을 감으면 언제든지 그 광경을 생생하게 떠올릴 수 있었다. 만 아홉 살의 나루는 키에 비해 턱없이 높은 의자에 올라앉아 있었다. 바닥에 발이 닿지 않아 조금 무섭다는 생각이 들었다. 맞은편에는 짧은 머리를 깔끔하게 빗어 넘긴 선생님이 있다. 선생님은 나루의 신상명세가 적힌 기록부를 끌어다 놓고 나루를 보았다. 선생님의 다정한 생각이 나루의 머릿속으로 스며든다. 그래, 나루는 키가 크구나. 성적도 좋고. 나중에 커서 뭐가 되고 싶니?

한순간도 주저하지 않고 나루는 선생님에게로 생각을 쏟아 낸다. 저는요, 심해를 연구하는 학자가 되고 싶어요. 우리 엄마가 꿈꿨던 걸 내가 이뤄 주고 싶어요. 가장 깊은 바닷속으로 들어가고 싶어요. 나루의 생각을 받아들인 선생님의 눈에 설핏, 안타까움과 난감함이 지나간다. 선생님의 손에 들린 펜이 물갈퀴에 걸쳐져 있다. 나루는 책상 아래로 숨긴 두 주먹을 꼭 쥔다. 물갈퀴가 달린 선생님의 손이 나루의 까만 머리카락을 부드럽게 쓰다듬는다. 나루는 꿈이 크구나. 선생님은 상처를 주지 않으려는 듯,

단어 하나하나를 골라 나루에게 전달한다. 하지만 그건 조금 어려울지도 몰라……. 나루의 얼굴이 순간 일그러진다. 아물지 않은 상처가 쑤시는 듯, 금방이라도 울음을 터뜨릴 것 같은 나루의 표정을 본 선생님은 다시 황급히 생각을 전한다. 괜찮아. 나루가 어른이 될 때쯤에는 고래증후군 같은 건 아무것도 아닌 게 될 거야. 옛날 사람들은 호흡에 도움이 되는 것도 아닌데 코를 높였다고 하잖아? 그런 쓸모없는 미용 수술보단 당연히 생활에 꼭 필요한 아가미 수술이 훨씬 빨리 발달할 거야. 분명히. 나루가 손을 내밀고 선생님이 손을 잡는다. 나루가 주저하며 생각을 전한다. 정말 그럴까요? 제가 고래증후군이어도…… 엄마의 꿈을 이뤄 줄 수 있을까요? 선생님은 고개를 끄덕인다. 당연하지. 희망을 버리지 마. 물갈퀴가 없는 나루의 손에서 선생님의 손이 미끄러지듯 빠져나간다. 고맙습니다. 생각을 전한 후 나루가 의자에서 뛰어내린다.

그 이후 팔 년이 지났다.

고등학교 졸업 시험이 한 학기 남았다. 나루는 목 뒤를 손으로 주물렀다. 해저 도시의 펜은 대부분 물갈퀴가 있는 손이 쥐기 쉽도록 디자인되어 있어서 나루의 손에서는 가끔 헛돌았다. 나루는 눈을 비비고 나서 책상 앞에 붙어 있는 성적표를 보았다. 심해화학 우수, 공통어학 우수, 심해물리학 우수. 졸업 후 심해실습 과목만 잘 이수한다면 심해연구원 자격시험을 볼 수 있었다.

나루는 눈 사이에서 시작되어 콧등으로 이어지는 선을 매만졌다. 만 아홉 살 때, 상담을 마치고 울며 집에 돌아온 날부터 나루는 자신의 코가 싫었다. 다른 사람들보다 조금 더 오뚝하게 솟은 코였다. 나루는 거울을 보기 싫어했다. 당장이라도 아가미 수술을 하고 싶다고 울며 엄마를 졸랐지만 얼굴뼈의 성장이 멈춘 다음에야 할 수 있다는 말에 나루는 몇 년을 기다릴 수밖에 없었다. 그 기다림도 이제 끝, 졸업 다음 달에 아가미 수술을 받기로 예약이 되어 있었다. 수술을 마치고 나면 코 대신 귀 아래에 달린 아가미로 숨을 쉴 수 있게 된다. 그때가 되면 이 지긋지긋한 콧날도 안녕이지. 나루는 책을 밀어 놓고 기지개를 켰다. 가슴 근처에서 곤봉으로 짓누르는 듯 묵직한 통증이 왔다.

폐와 호흡기관을 조용히 으깨는 통증.

나루는 큰 숨을 내쉬며 몸을 둥글게 말았다. 오기로 버티고 버텨서 수면 위로 올라가지 않은 지 한 달이 지났다. 더 이상은 무리인 것 같았다.

나루는 책상 위를 더듬거려 산소캡슐을 찾았다. 고래증후군으로 태어나는 아이들은 해저 도시의 산소만으로는 살아갈 수 없었다. 완벽하게 지상의 공기와 똑같은 성분으로 배합한 산소캡슐을 물고 살거나 일주일에 한 번은 물 위로 나가 지상의 공기로 숨을 쉬어야 했다. 나루가 삼 개월이 되었을 때 엄마는 그 사실을 알았다고 했다. 고래증후군이라는 진단을 받고도 별 이상이 없기에 집 안에서 잘 놀게 놔두었는데 갑자기 나루의 온몸이 뻣뻣하게 굳으며 발작을 일으켰다고. 그래서 수중 이동이 허락되지 않은 새벽 시간인데도 엄마가 나루를 안고 수면 위로 올라가야 했다고. 엄마는 상담 후 울고 들어온 나루에게 전했다. 물 위로 고개를 내밀자마자 숨을 쉬더니 파랗던 얼굴색이 발그레해졌어. 엄마의 생각은 따뜻한 물처럼 나루를 감쌌다. 괜찮아. 너는…… 괜찮을 거야. 어릴 때부터 들었지만 여전히 애잔하고 따뜻한 위로였다.

'인공 자궁으로 아이를 만든 게 잘못이었을까.'

엄마는 나루를 데리고 수면 위로 올라갈 때마다 고민했다. 아이는 갖고 싶었지만 심해연구원이라는 직업을, 심해를 연구하겠다는 꿈을 버릴 수 없어서 엄마는 인공 자궁으로 나루를 낳았다. 그렇지만 나루가 고래증후군으로 태어난 이상 한 달에도 서너 번씩 심해를 드나들어야 하는 연구원 생활을 할 수는 없었다. 괜찮아. 너를 원망하지 않아. 어린 나루는 엄마가 열어 놓은 생각을 들으며 서서히 울음을 그쳤다. 그렇지만 나루는 어렴풋하게 깨닫고 있었다. 원망하지 않는다는 말 역시, 원망을 생각할 때나 가능한 말이다. 엄마는 그렇게 전하고 싶었을 것이다.

지금은 너를 원망하지 않아. 나루야.

산소캡슐을 입에 문 나루는 볼을 부풀렸다가 숨을 들이마셨다. 캡슐 속에 농축된 산소가 몸 곳곳으로 퍼져 나갔다. 뒤틀린 몸의 리듬이 제자리를 찾아갔다. 마지막으로 수면 위로 올라갔던 건 정확히 한 달 하고도 사흘 전이었다. 아가미 수술을 하고 나면 해저 도시의 산소로도 정상적인 생활이 가능하다는 것은 알았지만 나루는 마냥 기다릴 수가 없었다. 어떻게든 수면 위의 공기를 몸 안에서 몰아내고 싶었다. 다른 사람들처럼 해저 도시의 공기로만 숨 쉬는 사람이 되고 싶었다. 하지만 매번 통증이 나루를 이겼다. 나루는 의자 위에 맥없이 늘어졌다. 문이 열리는 소리가 들렸다. 어떻게 알았을까. 엄마가 착잡한 표정으로 나루를 보고 있었다. 애써 단호하게, 엄마가 생각을 전했다.

나루, 올라갔다 와.

싫어. 산소캡슐도 이미 썼잖아. 안 가.

나루는 퉁명스럽게 전했다. 그렇지만 엄마의 손이 빨랐다. 엄마는 나루의 양 뺨을 눌러 산소캡슐을 뱉어 내게 했다. 고요하던 집 안에 나루의 캑캑거리는 숨소리가 울렸다. 엄마는 허리에 손을 얹고 나루를 보았다.

올라갔다 와. 버틴다고 될 일이 아냐. 미련하게 참지 마.

나루는 짜증이 잔뜩 난 표정으로 작은 산소호흡기를 챙겼다. 수면 위로 올라갈 때까지 이 기계가 나루의 숨이 되어 줄 것이다.

다녀올게요.

조심해.

나루는 해저 도시와 바다를 나누는 게이트에 손을 가져다 대었다. 나루의 지문을 읽은 벽이 부드럽게 나루의 몸을 끌어당겼다. 나루는 벽 너머로 몸을 내밀면서 호흡기로 숨을 들이쉬었다.

지구가 다시 판게아 상태로 돌아가고도 오랜 시간이 흘렀다. 끊임없는 지진과 해일을 감당할 수 없던 인류는 공중과 해저에 도시를 세웠다. 어떤 사람들은 공중으로, 어떤 사람들은 해저로 향했다. 백 세대가 거듭되면서 해저 도시의 사람들은 해저에 맞게, 공중 도시의 사람은 공중에 맞게 몸을 조금씩 변화시켰다. 해저 도시의 아이들은 백여 년 전부터 종종 물갈퀴를 가지고 태어나거나 아가미를 달고 태어나기 시작했다. 아가미가 달린 아이들은 해저 도시 안과 바깥 수중을 자유롭게 오갈 수 있었고, 심해의 압력에도 버틸 수 있었다. 그들의 눈으로 본다면 나루는 진화되지 못한 존재였다. 어류에서 포유류로, 다시 어류로. 한 바퀴 돌아서 다시 처음으로 돌아가는 진화의 스펙트럼 안에서 나루는 종종 외톨이가 되었다.

지긋지긋해.

나루는 눈을 깜박이며 물 안을 유영했다. 아니, 지겹지 않았다. 사실은 눈물이 날 정도로 바다가 좋았다. 수면을 향해 올라가면 올라갈수록 환하게 비쳐 드는 빛은 나루의 마음을 사로잡았다. 물 바깥으로 고개를 내미는 순간 폐 안으로 밀려드는 짜릿한 산소가 미칠 듯이 좋았다. 하지만 그 기쁨을 느끼는 순간 자신이 열

등한 존재라는 걸 인정해 버리는 것 같았다. 해저 도시에 적응하지 못하는 뒤떨어진 아이, 고래증후군 환자.

그렇게 살 수도 있었다. 꿈을 포기한다면, 고래증후군을 가지고도 얼마든지 살 수 있었다. 그러나 나루는 현재에 만족하고 싶지 않았다.

수면 위로 고개를 내민 나루는 주변을 살폈다. 달궈진 공기는 아직 열을 품고 있었다. 밤을 향해 달려가는 미지근한 온기가 얼굴에 고스란히 느껴졌다. 서쪽 수평선으로 몸을 감추는 태양이 보였다. 나루는 강한 빛을 견디지 못하고 눈을 가늘게 떴다. 해저 도시의 조명은 태양빛에 비해 턱없이 약하다. 나루 역시 해저 도시에서 태어난 다른 아이들처럼 시력이 좋지 않았다. 위도와 경도로 현재 위치가 안전한 곳이라는 사실을 확인했다. 밤이 깊기 전에 되도록 빨리 돌아가야 했다. 밤이 깊어지면 바닷속의 화산들이 숨을 쉬었고 수온이 제멋대로 요동쳤다. 육중한 물고기들은 그 찰나를 이용해 바닷속을 마음대로 돌아다녔다. 거대한 그림자들이 해저를 수놓는 시간. 해저 도시 사람들이 감히 바깥에 나가려 하지 않는 시간. 그 시간에는 수면 위도 아래도 어둡고 어두웠다.

눈부셔.

나루는 암초에 기대어 숨을 쉬었다. 코로 들이쉰 숨이 폐를 거쳐 온몸으로 산소를 공급했다. 세포들이 서서히 깨어나는 느낌이 나루의 몸을 두드렸다. 나루는 물갈퀴가 돋은 발을 움직여 암초 주위를 돌았다. 이차성징 이후 나루의 발에는 물갈퀴가 돋았지만 끝내 손에는 돋지 않았다.

조금 더 돌아보고 싶은데.

보통은 수면 위에서 충분한 산소를 마시면 곧장 아래로 다시 내려갔다. 그러나 오늘은 조금 다르게 행동하고 싶었다. 졸업을 앞둔 학생의 일탈인지, 혹은 호기심인지는 나루 자신도 단정할 수 없었다. 나루는 다리를 움직여 조금씩, 조금씩 나아갔다.

물의 깊이가 얕아질수록 위화감이 느껴졌다. 땅 위에 발을 딛는다는 것은 육지와 해저 도시, 혹은 공중 도시와 해저 도시를 오가는 특수한 직종의 사람들만 하는 행동이었다. 이래도 될까? 나루는 고개를 흔들어 머릿속에 차오르는 불안감을 털어 냈다. 괜찮아. 땅 위에서 뛰어다닐 것도 아니잖아. 저기 모래톱이 저렇게나 반짝거리잖아. 아무도 몰라. 아무도 보고 있지 않아. 물속을 벗어나는 것이 금기인 것을 알면서도 나루는 계속 나아갔다.

모래톱은 달빛과 별빛을 받아 하얗게 빛나고 있었다.

거봐, 오길 잘했지. 이렇게 예쁜데.

차마 물 밖으로 완전히 나갈 수는 없었다. 두 발로 메마른 곳을 딛는다는 게 두려웠다. 나루는 얕은 물이 찰랑거리는 모래톱 위에 앉아서 하늘을 보기도 하고, 용기를 내어 무릎 위까지 물 밖으로 내놓은 뒤 해변을 걷기도 했다.

그때, 그 소리가 들렸다.

"……!"

소리를 듣는다는 것, 특히나 사람의 음성을 듣는 것은 해저 도시에서는 흔한 일이 아니었다. 게다가 이 소리는 대화할 때의 성량이 아니었다. 훨씬 절박하고 날카로웠다. 갓 깨어난 어린 물고기가 거대한 포식자 앞에 섰을 때 가질 법한 감정. 나루는 물 안으로 들어갔다. 얕은 물이었지만 가만히 진동을 느끼면 이 소리가 어디에서 오는지 파악할 수 있을 것 같았다.

나루는 귀를 막고 싶은 욕망을 몇 번이나 참았다. 소리는 길게, 짧게, 다시 길게 반복되었다. 나루는 소리에 담긴 가쁜 호흡을 느낄 수 있었다. 나루는 눈을 감고 진동으로 소리의 진원지를 추적했다. 두 개체가 있었다. 거대한 동물, 다리가 여섯 개고 날개가 있다. 그리고 또 하나, 나루와 몸집이 비슷하고 두 다리가 있다. 두 다리가 있는 쪽이 소리를 지르고 있었다. 나루는 앞뒤 가릴 것 없이 그쪽으로 몸을 틀었다. 발바닥 아래에 젖은 모래가 눌렸다. 기묘한 감각에 몸을 떨던 나루는 곧 정신을 차렸다. 온몸에 끼치는 건조함보다 중요한 건 목숨이었다. 자칫하다간 나루 자신마저 위험해질 수 있었다. 나루는 잘 보이지 않는 시야를 손으로 더듬었다. 옷깃이 잡혔다.

나루는 곧바로 자세를 낮추고 온 힘을 다해 그를 바다 쪽으로 끌어당겼다. 온몸이 물에 잠길 정도의 깊이에 다다르자 나루는 물 아래로 뛰어들었다. 수면 위로 커다란 진동이 퍼졌다.

아래로, 아래로, 더 아래로. 조금씩 가해지는 압력이 오히려 나루를 편안하게 했다. 해변에서 멀어질수록 거대한 곤충의 분노에 찬 진동도 희미해졌다. 나루는 한참을 헤엄치다 몸을 멈췄다. 이상했다. 죽었나? 나루는 한 팔에 낀 그를 수면 위로 쳐들었다. 남자아이? 가슴에 귀를 대 보니 심장은 뛰고 있었다. 나루는 한 손으로 남자아이의 얼굴을 만졌다. 미묘하게 느낌이 달랐다. 같은 눈, 코, 입인데도.

뭐지, 이건?

나루는 아이를 바위 위에 올려놓았다. 아이의 몸이 앞뒤로 크게 흔들리더니 기침을 하며 물을 토해 냈다. 나루는 얼떨결에 침과 콧물, 눈물이 섞인 바닷물을 그대로 뒤집어썼다.

더럽게.

나루가 짜증을 가득 실어 생각을 전했다. 그러거나 말거나 아이는 눈물, 콧물을 동시에 내보내느라 정신이 없었다. 한참 발작하듯 기침을 하던 아이가 금속끼리 긁히는 것 같은 비명을 내질렀다.

아. 이거였어.

나루는 반사적으로 귀를 막았다. 그래, 그 소리를 낸 건 이 애였어. 나루가 귀만 막을 뿐 별다른 반응을 보이지 않는 것을 알아차린 후에야 아이는 소리를 멈췄다. 크게 떠진 나루의 동그란 눈동자가 또 다른 까만 눈동자를 정면으로 쏘아보았다. 나루가 손을 뻗어 아이의 얼굴을 더듬었다. 늘 고민이었던 나루의 콧대보다 더 높은 콧대가 손끝에 느껴졌다. 따뜻한 얼굴, 피부, 콧날 아래의 인중. 나루의 손이 떨어지자 아이는 젖은 소매로 얼굴을 훔쳤다.

"……너는, 누구야?"

나루가 먼저 입을 열었다. 자신과 비슷한 얼굴을 가진, 하지만 다른 사람. 생각을 전해도 듣지 못하는 상대. 나루는 입을 열고 공기를 들이마셔 성대를 울리는 자신의 목소리가 낯설었다. 해저 도시에서는 성대를 이용해서 말을 할 일이 없었으니까. 나루는 더듬더듬 공용어로 말했다. 해저 도시와 공중 도시 사이에서 말을 할 일이 있을 때는 공용어를 쓴다고 배웠다. 아이가 대답하지 않자 나루는 다시 말했다.

"나는, 나루야. 해저 도시에 살아."

나루는 말을 하며 자신의 목에 손을 가져다 댔다. 성대가 울릴 때마다 목으로 진동이 느껴졌다. 아이는 나루를 빤히 쳐다보다가 입을 열었다.

"나는, 가하야."

각자의 공간에서 수천 년이 넘는 시간을 보내는 동안 사람들은 사는 곳에 알맞게 변해 갔다. 나루의 눈은 가하의 눈보다 조금 더 돌출되어 있었고, 가하의 코는 나루의 코보다 조금 더 높았다. 나루는 해저 도시에서 처음 만난 사람들이 늘 그렇게 하듯, 다시 손을 뻗어 가하의 얼굴을 만졌다. 손끝에 닿는 피부가 뜨거웠다. 델 것 같은 느낌에 놀라면서도 나루는 손을 거두어들이지 않았다. 신기하고 두근거렸다. 나루는 엄마와 바다, 공부와 꿈으로 이루어진 세계에 침입한 낯선 존재를 조심스럽게 탐색했다. 물결이 나루의 머리카락을 그러모았다가 다시 풀어헤칠 때까지.

가하는 고개를 흔들어 나루의 손에서 벗어났다. 가하는 해변 쪽을 바라보았다. 눈으로 가늠해 보아도 도저히 헤엄칠 수 없는 거리였다. 가하는 더듬더듬 공용어로 이야기했다.

"네가 날 데리고 온 거야?"

"응."

"여긴 어디야?"

"바다."

"바다…… 어디야?"

"몰라."

가하는 바위 위에 걸터앉아 무릎을 끌어안았다. 위턱과 아래턱이 딱딱 부딪혔다. 저렇게 있으면 추울 텐데, 바닷바람은 차가웠고 물은 싸늘했다. 자신보다 체온이 높은 이 아이는 더 심한 추위를 느끼겠지. 나루는 팔을 뻗어 가하의 다리를 안았다. 바닷물보다는 따뜻할 것이라고 생각하며. 무릎 근처에 고개를 기댔다가 가하를 올려다보았다. 가하의 다리에 차츰 긴장이 풀렸다. 육지는 멀었고, 어두운 밤이었다.

가하는 나루의 어깨를 툭툭 치고, 물 아래를 손으로 가리켰다. 그러자 나루가 대답했다.

"새벽에는 큰 물고기들이 돌아다녀. 해가 뜨기 전엔 못 돌아가."

가하가 고개를 끄덕였다. 새벽은 사람이 잠드는 시간. 해저 도시를 건설하면서 인간은 수없이 바다 생물들과 마찰을 빚었다. 마찰이 거듭돼 하나의 규칙이 되기까지 오랜 시간이 걸렸다. 그래서 정해진 것이 바다 아래로 빛이 스며들지 않는 밤은 바다 생물들의 시간으로 놔두는 것. 해저 도시는 바다 아래 있으면서도 바다 위의 리듬에 맞춰 살아갔다.

물 아래에서 강한 진동이 느껴졌다.

시간을 침범해서 미안해. 그렇지만 하루만 참아 줘.

나루는 간절히 빌면서 흠칫 몸을 떨었다. 이 아이를 놔두고 돌아갈 수도 없었다. 해저 도시까지 가는 길마다 자신의 시간을 방해받은 생명들이 나루를 공격할 수도 있었다. 나루는 한숨을 내쉬고 가하를 올려다보았다. 그 눈빛이 무엇으로 해석되었는지 알 수 없지만, 가하는 몸을 웅크려 바위 위에 자리를 만들었다. 그리고 손을 뻗어 나루를 잡았다.

"이 위로 올라와. 같이 있자…… 아침까지."

가하의 손가락은 길고 가늘었다. 물갈퀴가 돋지 않은 나루의 손가락보다 더. 그리고 군데군데 흉터와 굳은살이 박여 있었다. 나루는 그 손을 잡고 바위 위로 몸을 끌어올렸다. 젖은 옷이 공기 중에서 피부에 닿는 선득함보다, 처음으로 느끼는 바위의 울퉁불퉁한 표면보다, 옆에 앉은 남자애의 뜨거운 체온이 더 생생하게 느껴졌다. 별들이 허공을 천천히 선회하고 있었다.

"내일 아침이 되면 돌아갈 수 있을 거야."

가하는 공용어로 서툴게 말했다.

"구조탄이 있으니까 그걸 쏘면 될 거야. 몰래 내려온 건 혼날 일이지만, 경비대 쪽에 아는 사람이 있으니까……."

공용어가 썩 익숙하지 않은 듯 중간중간 모르는 단어가 섞여 있었다. 하지만 무슨 뜻인지 알 것 같아서 나루는 가만가만 고개를 끄덕여 주었다. 밤의 바다는 고요하지만은 않았다. 가끔 물 아래에서 진동이 느껴졌다. 날갯짓 같은 바람이 둘을 스쳐 지나갔다. 그때마다 가하와 나루는 무슨 이야기인가를 나누었다. 해가 뜰 때까지.

새벽을 넘겨 집에 돌아오자 엄마는 잠들어 있었다. 나루는 젖은 옷을 벗었다. 옷소매에 핏자국이 묻어 있었다. 아마도 그 애를 구할 때 묻은 그 애의 피, 라고 나루는 생각했다. 그리고 가하, 하고 입을 열어 말해 보았다. 첫 글자가 목을 울리고, 두 번째 글자는 목을 울리지 않았다. 나루는 나루, 라고 입을 열어 발음했다. 모음이 변하면서 입 모양이 변했다. 또 보자, 라고 말하지 못한 것이 떠올랐다. 나루는 피와 짠물로 젖은 옷을 든 채 우두커니 서 있었다. 핏자국을 빼려면 찬물로 세탁해야 하는데. 눈을 깜박이는 동안 시간이 흐르고 있었다.

한 주가 지나고 나루는 다시 수면 위로 올라갔다. 늦은 시간이라 엄마에게 한바탕 핀잔을 들은 후였다. 나루는 해변으로 올라갔다. 맨발 아래에 닿는 모래가 뜨거웠다. 그곳에 가하는 없었다. 한참을 맴돌던 나루는 새벽이 되기 전 바닷물로 돌아왔다. 나루는 이끌리듯 바위 쪽으로 몸을 돌렸다. 그곳에 도착하자 공용어가 들렸다. 나루는 기척을 감춘 채 조심스럽게 다가갔다. 공용어 교과서에 나오는 내용이었다.

"내, 이름은, 가하야. 나는, 열, 일곱, 살이야."

"너는, 무엇을, 좋아하니?"

나루는 자기도 모르게 소리 내어 웃었다. 소리에 놀라 나루는 스스로 입을 막았다. 그리고 바위를 잡고 위로 올라갔다. 손바닥에 닿는 단단하고 뜨거운 감촉이 처음보다는 낯설지 않았다. 바위 위에서 가하가 기다리고 있었다. 새빨개진 얼굴로 입술만 오물거리던 가하는 간신히 말했다.

"만나서, 반가워."

나루는 환하게 웃었다. 그리고 공용어로 대답했다.

"나도, 너를 다시 만나서, 반가워."

가하의 공용어는 한 주 동안 놀랄 만큼 늘어 있었다.

서로를 보지 못하는 시간이 너무 길어서, 둘은 공용어로 접속할 수 있는 사이트를 찾아내 서로 대화를 했다. 문자를 통해 말하는 것은 생각을 전하는 것과도, 성대를 울려 말하는 것과도 달랐다. 질서 정연한 컴퓨터의 글자를 보면서도 나루는 어쩐지 그 글자들이 가하와 닮았다고 생각했다. 가하의 목소리가 들리는 것 같았다. 가하는 반대로 글자들이 나루를 닮았다고 했다.

"그러니까, 처음 들었을 때, 네 목소리가 굉장히 단정하다고 생각해서."

나루는 목에 손을 가져다 댔다. 내, 목소리. 나루는 빠르게 메시지를 타이핑했다. 물 밖에서 그 목소리를 들은 사람은 너뿐이야. 그러나 나루는 한참 그 메시지를 들여다보다가, 지워 버렸다.

졸업 시험이 끝났다. 나루는 심해실습을 제외한 모든 과목을 통과했다. 시험을 마치면 졸업이고, 그다음에 수술이 잡혀 있었다. 나루는 한 달에 한두 번쯤 수면으로 올라갔다. 이제 더 이상 가슴에 통증이 느껴지지 않는데도 나루는 수면 위로 고개를 내밀었다. 통증이 느껴지긴 했다. 하지만 그건 신경계의 통증이 아니었다. 나루도 그쯤은 알고 있었다. 나는 항공학과에 들어가고 싫어. 가장 높은 곳으로 갈 거야. 가하는 그렇게 말했다. 나루는 그 꿈이 이루어졌으면 좋겠다고 생각했다.

저녁 시간이 가까워지자 나루는 다시 산소호흡기를 찾았다. 마루를 지나가는데 엄마가 앉아 있다가 나루에게 생각을 전했다.

나가니?

나루는 주춤거리며 고개를 끄덕였다. 엄마는 한숨을 쉬고 다시 생각을 전했다.

남자친구?

어, 아마……도.

나루의 얼굴이 새빨갛게 달아올랐다. 물 위로 갓 올라갔을 때처럼 심장이 쿵쾅거리며 뛰었다.

매너도 없다. 걔가 좀 오면 안 되니? 이 밤중에 여자애보고 오라 가라 하고.

나루는 꿀꺽 침을 삼켰다. 목구멍을 지나가는 덩어리가 유난히 크게 느껴졌다. 나루는 공용어로 말했다.

"걔는 공중 도시에 살아."

그 순간 엄마의 표정이 바뀌었다. 충격인지, 실망인지, 혹은 비난인지 나루는 정확히 판단할 수 없었다. 파도에 모래가 쓸려 나가듯, 엄마의 얼굴에서 핏기가 가셨다.

너, 수술 한 달밖에 안 남았어.

그 생각을 끝으로 엄마는 방으로 들어가 버렸다. 방문이 닫히는 소리가 집 안에 무겁게 울렸다. 나루는 현관에 한참이나 서 있다가 집을 나섰다.

"그렇게 됐어."

나루는 엄마와 있었던 일을 전하고 한숨을 쉬었다. 육지는 조금씩 겨울로 접어들고 있었다. 바닷물이 차가워지고, 가하의 옷이 두꺼워졌다. 조금만 있으면 눈이 내릴 거야. 그땐 정말 아름다울 거야. 그리고 가하가 조심스럽게 말했다.

"그, 수술이라는 거 말야."

"응."

가하는 단어를 찾는 듯 입술을 깨물었다.

"아가미 수술을 해도, 수면 쪽으로 올라올 수 있어?"

"응. 올라올 수 있어."

나루는 확신에 차 고개를 끄덕였다. 그러나 가하의 다음 말을 듣는 순간, 나루는 엄마의 표정을 이해할 수 있었다. 충격, 실망, 그리고 그 끝에 묻은 안타까움 내지는 별수 있겠느냐는 체념. 가하의 말이 나루의 입술을 깨물게 했다.

"아가미 수술을 하면, 말은 못 하게 되는 거지?"

나루는 대답을 찾지 못했다. 아가미 수술을 하면 호흡기의 구조가 완전히 바뀐다. 코가 더 이상 필요 없는 기관이 되고, 비강과 성대의 구조가 변한다. 공용어를 말할 때 사용하는 울림기관이 바뀌어 버리는 것이다. 나루는 겨우 입을 열었지만 아무 말도 할 수 없었다. 가하가 손을 뻗어 나루의 손을 잡았다. 가하는 생각을 전하는 법을 모르는데도, 그 순간 가하의 생각이 전해지는 것 같았다.

그렇구나.

처음으로 느낀 가하의 생각은 체념이었다.

동이 트고 난 뒤에도 나루는 한참 동안 바위 위에 있었다. 눈을 크게 뜨고 떠오르는 해를 바라보았다. 가하가 몇 번이나 나루를 돌려보내려다가 마지못해 먼저 공중 도시로 돌아간 후였다. 강한 태양빛에 눈이 아파서 눈물이 났다. 나루는 거의 십 년 만에 처음으로 엉엉 울었다. 흘러내린 눈물이 바닷물에 섞였다. 온몸의 물이 말라 버릴 때까지 울고 싶었다.

엄마는 나루를 기다리고 있었다. 집으로 돌아온 나루는 차가운 눈길로 아무 일도 없었다는 듯이 앉아 있는 엄마와 마주쳤다.

나루는 가하의 체온을 떠올렸다. 나루보다 훨씬 높던 체온, 손을 잡고 껴안으면 심장박동이 느껴질 것 같은 따뜻함. 뜨거울 온. 체온. 어렸을 때는 엄마에게 자주 안겼다. 엄마에게는 따뜻한 체온이 있었고 심장박동이 느껴졌다. 그런데 지금은 엄마의 체온이 느껴지지 않았다. 나루는 주먹을 쥐었다. 엄마가 다가와 나루의 뺨을 두 손으로 감쌌다.

나루야.

뺨에 닿은 손끝은 떨리지도 않고 담담했다.

아이라도 갖고 싶어진 거니?

나루는 대답하지 않았다. 엄마가 이루지 못한 꿈을 대신 이뤄 주겠다고 다짐한 어릴 적부터 나루는 엄마를 대신해 살고 싶었다. 엄마처럼, 결혼하지 않고서 인공 자궁으로 아이를 낳아 함께 하겠다고 다짐했다. 엄마는 어린 나루의 조잘거림을 수없이 들었기에 기억할 것이다. 그러나 지금의 나루는 가하를 만나기 전의 나루와는 다른 사람이었다.

나루는 입술을 깨물었다. 엄마의 말이 맞았다. 꿈을 꾸고 있었다. 아가미 수술을 하고, 직업을 갖고 나서도 수면으로 올라가 가하와 이야기하고 안고 사랑하는 꿈을. 같이 살 수는 없더라도 가하의 아이를 낳는 꿈을.

그렇지만 엄마는 몰랐다. 단지 아이가 갖고 싶은 게 아니었다. 만약 그저 가하의 아이가 갖고 싶었을 뿐이라면 머리카락 하나, 손톱 하나만 있어도 만들 수 있을 것이다. 그러나 그것은 가하와 나루의 아이가 아니었다. 단지 복제된 무엇일 뿐. 나루는 성대를 열어 악을 썼다. 공용어도, 공중어도, 심해어도 아닌 괴성이었다.

아이를 갖고 싶은 게 아냐, 같이 있고 싶은 거라고!

엄마의 눈은 흔들리지 않았다. 인공 자궁으로 나루를 낳은 엄마는 배 속에 나루를 품고 있던 적은 없었지만 나루가 처음으로 숨을 쉰 이후 계속 나루를 품에 안고 기른 사람이었다. 그러나 지금 나루에게는 엄마가 한없이 멀게만 느껴졌다.

그럼, 그 사람 때문에 지금까지 가졌던 것, 네 꿈, 다 포기할 수 있니?

가하와 이야기하기 위해 아가미 수술을, 심해연구원의 꿈을 포기할 수 있을까. 단지 가하와 이야기하기 위해.

나루는 자신에게 물었다. 응답을 거부하는 심장이 빠르게 뛰었다.

어차피 안 돼. 그러니까 지금 포기하는 게 좋아. 너희는 이미 유전자 구조가 달라졌어.

엄마는 나루의 손에 과학 논문을 쥐여 주었다. 해저 도시인과 공중 도시인의 발달과 유전자에 관한 연구. 펼쳐 보지 않아도 결론을 알 수 있었다. 가하와 나루는 다른 인간이다.

그 후로 나루는 올라가지 않았다. 고등학교 졸업식 날 초등학교 때 선생님을 찾아갔다. 아가미 수술을 하게 되었다는 나루의 얘기에 선생님은 활짝 웃으며 축하한다고 전했다. 나루는 간신히 물었다. 아가미 수술을 하게 되면, 말을 할 수 없나요? 선생님은 아무렇지도 않게 대답했다. 그래, 그런데 그게 뭐가 중요하니? 어차피 우리는 생각을 전달하면서 대화할 수 있잖아. 나루는 간신히 웃었다.

그렇네요.

가하로부터 계속 공용어 문장으로 적힌 메시지가 도착했다. 올라오지 않느냐는 말, 걱정된다는 말, 답장을 달라는 말, 나루는 메시지 하나하나가 가하의 목소리로 바뀌어 들리는 것 같았다. 나는 잘 지내, 괜찮아. 답장을 보내도 가하가 거짓말이라는 것을 알아차릴 것 같았다. 가하는 풀 죽은 듯, 그러나 꾸준하게 메시지를 보냈다. 나루가 대답을 하지 않자 사진을 보냈다. 공중 도시의 사진이었다. 하늘은 푸른빛과 흰빛의 중간에 걸쳐 있었고, 빌딩들은 높게 솟아 있었다. 가하를 닮은, 나루를 닮지 않은 사람들이 화면 안에서 입을 열어 말하고 있었다. 가하는 위성 센터 사진을 보냈다. 여기가 공중 도시에서 가장 높은 건물이야. 여기서 인공위성 경진 대회가 열려. 잘될 것 같아. 그 전에 너를 볼 수 있다면, 더 잘될 것 같아……. 가하의 목소리가 들리는 것 같아서 나루는 귀를 막았다.

나루는 공용어 교과서 첫 페이지에 나오던 문장을 기억했다. 안녕하세요. 인사를 전하는 말. 그 외에도 교과서에는 수많은 문장과 단어가 있었다. 사람과 사람 사이의 행복한 소통을 위한 언어가 공용어라고 했다. 그래서 공용어 교과서에는 부정적인 말은 적었고 긍정적인 말이 많았다.

공용어로 좋다, 행복하다, 사랑한다 같은 표현을 배워 놓고도 정작 가장 중요한 마음을 전할 때 쓰이는 것은 왜 부정문이어야 할까. 나루는 글자를 입력했다.

"난 거기서 살 수 없어."

그 이후로 가하에게서 메시지가 오지 않았다.

수술 하루 전, 나루는 물 위로 올라갔다. 주머니 안에는 날카로운 칼이 들어 있었다. 나가기 직전 나루는 엄마를 보았다. 엄마도 나루를 바라보기만 할 뿐 아무 생각도 전하지 않았다. 나루는 해변으로 가지 않고 바로 바위로 향했다. 바위 위에 가하가 있었다. 가하는 놀란 눈으로 나루를 보다가 곧 환하게 웃었다.

"……나 이제 수영 되게 잘한다?"

나루는 고개를 끄덕였다. 지난 몇 달 동안, 가하는 공용어가 늘었고 수영이 늘었고 웃음이 늘었다. 그렇지만 나루는 아무것도 늘지 않았다. 한 달 정도는 물 위에 올라가지 않아도 견딜 수 있었던 폐는 오히려 더 자주 산소를 달라고 보챘다. 이제 건조한 공기에도 별로 숨이 막히지 않았다. 가하의 손이 자연스럽게 나루의 손 위에 포개졌다.

"나루야. 나 경비대 들어갈까?"

경비대, 라는 말에 나루가 고개를 들었다.

"경진 대회 망친 거야?"

"그건 아니고……."

가하가 웃으며 고개를 저었다.

"경비대는 가장 바다 가까이에서 일하는 직업이거든. 바다가 좋아져서."

가하의 생각이 또 나루에게로 흘러들었다. 너를 못 봐도, 바다 가까이에 있고 싶어서. 나루는 알아듣지 못한 듯 바다 저편을 보았다. 지금 내가 듣는 생각은 모두 착각일 거야. 가하는 생각을 전할 줄 모르니까. 그러니까 나는 너의 말을 믿지 않을 거야.

"오늘은 내가 해변으로 데려다줄게."

나루는 먼저 물로 뛰어들었다. 몸을 감싸고 있던 옷이 물을 받아 들이며 부풀었다. 가하도 조심스럽게 물 아래로 발을 담갔다. 가하는 물속에서 눈을 뜨지 못했다. 가하는 팔을 뻗어 나루의 어깨를 더듬었다. 처음 만났을 때 나루가 가하의 얼굴을 더듬었던 것처럼. 나루는 한 팔로 가하의 허리를 끌어안고 물을 갈랐다. 처음 가하를 만났던 날처럼, 바다는 어두웠다. 가하도 처음 만났던 날처럼 아무 말도 없이 나루에게 매달렸다.

물이 얕아지자 나루는 모래 위에 두 발로 섰다. 한 발, 한 발을 내딛을 때마다 발 아래 모래가 밀려 나가고 다져졌다. 나루의 발에 달린 물갈퀴가 달빛에 빛났다. 가하는 말없이 나루를 끌어안았다. 나루의 발끝과 가하의 발끝이 맞닿았다.

더 이상은 안 되겠지.

나루도, 가하도 같은 생각을 했을 것이다. 전해졌으니까.

해가 떠오르고 있었다. 나루의 몸이 말라 갔다. 소금물이 마르자 살갗이 타는 것처럼 쓰라렸다. 나루가 얼굴을 찡그리자 가하는 옷을 벗어 바닷물에 담갔다가 나루의 몸을 감쌌다.

"무리하지 마. 돌아가."

나루는 눈을 감고 엄마의 표정을 생각했다. 첫사랑이지. 목숨도 걸 수 있을 것 같은. 그렇지만 너와 그 애는 달라. 등 뒤에서 숲 냄새가 섞인 바람이 불어왔다. 어둡고 습한 숲, 지금이라도 모든 걸 포기하고 저곳으로 걸어 들어가면 달라질 수 있을지도 모른다. 그러면 행복해질지도 모른다. 잠시라도, 같이 살 수 있을지도 모른다. 나루는 뒤를 돌아보았다.

가하가 덮어 준 티셔츠에서 바닷물 냄새와 섞인 가하의 냄새가 났다. 나루는 주머니에 손을 넣었다. 가하도 주머니에 손을 넣었다. 가하가 먼저 손을 꺼냈다.

"운석이야. 인공위성 대회 갔다가 샀어."

나루도 주머니에서 손을 꺼냈다. 깨진 조개껍데기로 만든 날카로운 칼이 나루의 손에 쥐어져 있었다.

나루는 수중전철에 탔다. 병원이 있는, 중앙 도시로 가는 전철이었다. 나루는 짧아진 한쪽 머리를 손으로 쥐었다.

손가락 하나 정도의 길이만큼 자른 머리카락을 가하에게 내밀었을 때, 가하는 쑥스러운 듯 웃었다.

“야, 난 네 머리카락이 있어도…….”

그렇게 말하면서도 가하는 자신의 머리카락을 잘라 주었다. 가하의 머리카락을 꼭 쥐고 나루도 쑥스럽게 웃었다.

“나도…… 네 아이를 낳지는 못할 것 같아.”

그래도 시간이 흐르면, 그래서 뭔가 더 달라지면. 나루가 하려던 말의 끝을 가하가 잡았다.

“만약에, 우리가 진화하면.”

나루가 고개를 끄덕였다. 응. 진화하면…… 그때는 우리 사이에도 아이가 생길 수 있지 않을까? 우리를 닮은 아이든, 우리를 전혀 닮지 않은 아이든. 너의 아이나 나의 아이가 아닌 ‘우리’의 아이가.

우리는 만나지 못하더라도 함께 시간을 더듬으며 나아갈 거잖아. 그러니까 우리는 서로 떨어져서 살아도 함께 진화할 거잖아.

소금기 어린 두 입술이 마주쳤다.

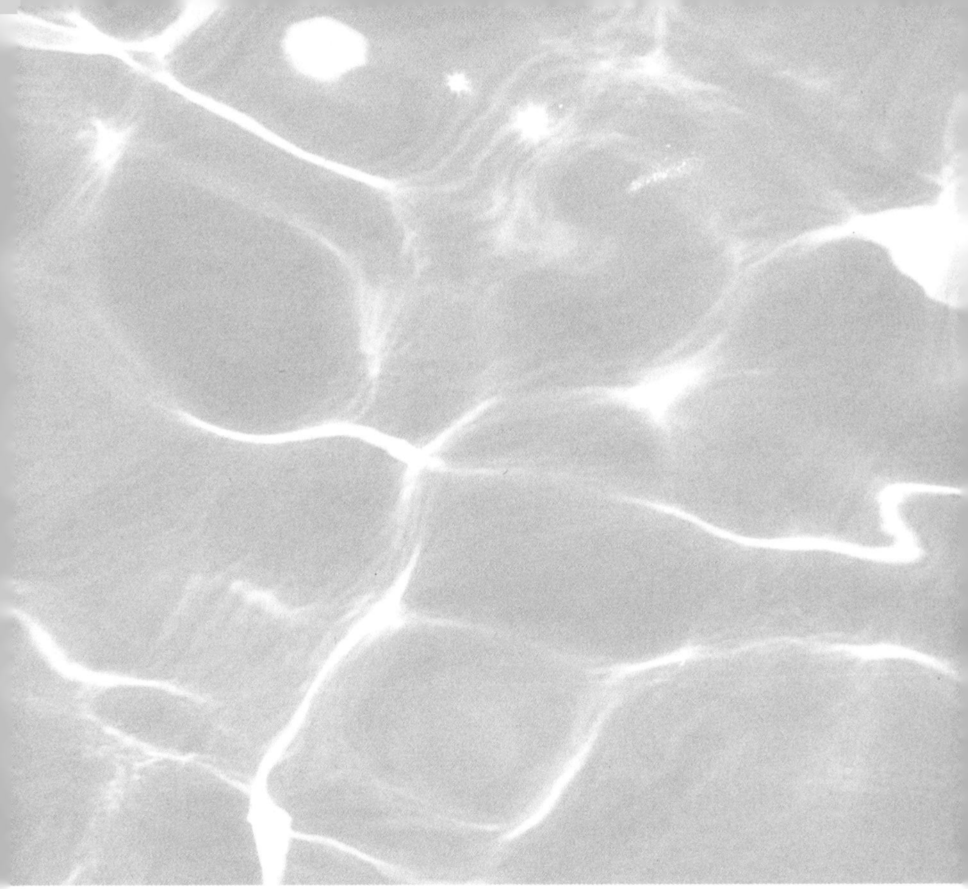

창세기

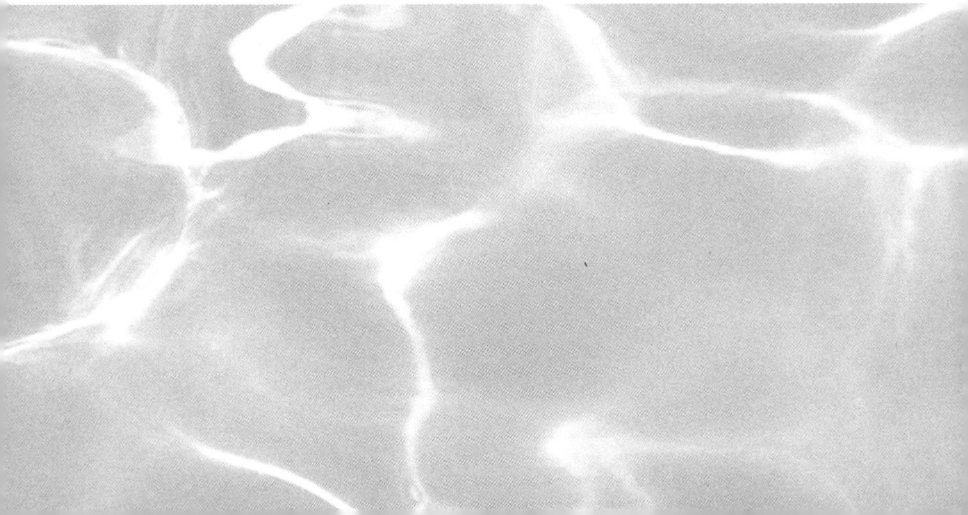

이제 이 우주기지 안에서 제대로 작동하는 것은 몇 개 남지 않았어. 지구를 향해 늘 켜져 있는 인공위성 카메라, 카메라와 연결된 모니터, 기록저장장치, 재생장치. 이것들은 태양열을 받아서 움직이는 것들이니 아마 태양이 살아 있는 한 꺼지지 않겠지. 내가 사라진 다음에도 달 위에서 지구를 지켜보고 있을 거야. 태양도 영원하진 않지만 태양보다 내가 먼저 사라질 테니.

사라진다는 건 슬픈 말이야. 어느 날 꺼져서 다시는 소리 내지 않게 된 낡은 라디오처럼 말이지. 그러니 곧 꺼질 것들이 얼마나 되는지는 세지 않도록 할게. 사실 매일매일 나는 세고 있어. 이곳에서 얼마나 더 버틸 수 있는지 알아야 하니까. 그렇지만 일일이 너에게까지 전할 필요는 없을 것 같아.

걱정하지 않아도 좋아. 나는 꽤 태평하게 지내고 있어. 네가 내 꼴을 봤으면 너는 옆머리를 귀 뒤로 넘기며 얼굴을 찡그리겠지. 콧등에는 작게 주름이 잡힐 거야. '리아, 너는 어쩌면…….'이라고 하다가 고개를 숙이고 이마를 짚고, 말문을 잇지 못하다가 피식 웃겠지. 보지 않아도 그려지는 네 모습들. 태어나 가장 긴 시간을 함께한, 나의 룸메이트. 나는 네 모습을 떠올리며 눈을 감고 흥얼거려. 네가 좋아하던 노래. 좋아하던 영화 대사. 좋아하던 자리에서 보이던 풍경들. 네 사무실 책상에 늘 놓여 있던 페퍼민트 캔디 통의 색깔까지. 나는 너에 관해서라면 무엇이든 떠올릴 수 있어.

푸르지 않은 지구를 보며 나는 너를 생각해.

아주 옛날에 처음으로 우주선을 타고 대기권 밖으로 나간 사람들이 그렇게 말했다지.

지구는 푸른 별입니다.

바다가 지구의 대부분을 차지하고 있기 때문에 우주에서 지구는 푸르게 보인다고 했어. 지구 어딘가에 제네시스와 제네시스가 세운 학교, 우주항공특별교육센터가 있고 너와 내가 그곳에서 함께 자랐지. 그러나 이제 더 이상 지구는 푸르지 않아. 회색 구름으로 뒤덮여 어디가 바다고 어디가 육지인지도 모르게 되어 버린 별. 그리고 이곳은 푸르지 않은 지구 주위를 맴도는 작은 위성. 달.

달에 온 지 벌써 여섯 달이 되었어. 내가 달에 가게 되었다고 말했을 때 너는 화를 냈지. '왜 너만 벌을 받아야 하는데?' 거대한 구식 메시지 기록계 '문라이터'를 보수하러 가는 출장은 사실상 근신 처분이었어. 남자애들과 싸우다가 찢어진 내 입가와 멍든 팔다리를 눈으로 찬찬히 쓸어 보며 너는 한숨을 쉬었지. '리아, 왜 그랬어? 네가 이유도 없이 다른 애들을 때릴 리가 없잖아.' 나는 대답하지 않았고 너는 작게 덧붙였어. '하필이면 기말평가 기간에…….' 하지만 걱정하지 마. 아마 더 약 오르는 쪽은 나보다 로빈 패거리일걸. 우리보다 고작 한두 살 많은 주제에 곧 성인이 된답시고 우습지도 않게 거들먹거리는 바보들.

'우주항공특별교육센터'라는 거창한 현판 앞에서 교장이 한숨을 푹 쉬었을 때도 나는 별로 무서운 게 없었어. '리아, 너는 어떻게 여자애가, 너보다 나이도 많은 남자애들 세 명을 상대로 싸울 생각을 하니?' 먼저 처분을 받은 남자애들은 모두 기숙사로 돌아가고 나만 남았을 때 교장은 그렇게 물었어. 나는 웃으려고 했지만 웃을 수 없었어. 로빈, 걔가 때렸을 때 찢어진 입가가 너무너무 아팠거든. 교장은 내 성적표를 보며 이맛살을 찌푸렸어. 맞붙어 싸운 학생들의 점수를 똑같이 깎는 게 당연하지만, 나에게는 그만큼 깎일 점수가 없었어. 성적이 좋은 것도 아니고 뛰어난 실적을 올린 것도 아니었지. 아마 그래서 늘 우등생인 너와 비교가 되었겠지만 말야. 두려운 건 퇴교 처분 정도? 하지만 우리 학교에 퇴교라는 건 없잖아. 우리는 모두들 돌아갈 집이 없는 아이들이니까. 애초에 제네시스가 문라이터 사업으로 돈을 벌어서 학교를 만든 게 보호자 없는 아이들, 그중 가능성이 있는 아이들에게 특별한 기회를 주기 위해서였는걸. 그러니 사고 좀 쳤다고 해서 열일곱 여자애를 길거리로 내몰 수야 없지. 그렇기 때문에 나는 안심했어. 어떤 벌이 주어지더라도 나는 최소한 너와 같은 공간 안에 있을 테니까.

뭐, 그러다 보니 결과적으로는 교장의 출장 명령에 충격을 받긴 했지. 너랑 만난 이후 한 달이나 떨어져 있어야 하는 건 처음이었으니까. 로빈이든 누구든 겨우 열흘 근신에 봉사활동 40시간 정도의 처벌을 받았을 텐데, 나에게는 한 달간 단독 출장이라니. 그것도 무지막지한 구시대 기계를 점검하러 가라고? 문라이터는 내가 여기 들어오기도 전에 만들어진 기계잖아.

제네시스를 미워하는 건 아냐. 너랑 나를 만나게 해 준 유일한 통로에 나는 오히려 감사하고 있어. 물론 너와 같이 입학할 수 있었으면 더 좋지 않았을까 하는 생각도 하지만, 그건 네가 지나치게 머리가 좋아서 열 살에 시험을 통과해 버린 탓이잖아. 그 시험은 최소한 열두 살은 되어야 통과할 수 있는 시험이라고 시험 안내서에도 명시되어 있다고.

생각해 보면 좀 웃기지.

어느 바보가, 혹은 어느 천재가 달에 메시지를 새기는 기계를 만들어 냈을까. 달의 크레이터를 메우고, 거대한 팔로 달의 땅을 긁어 인간의 언어를 남기겠다고 생각했을까.

이 학교에서 내가 너보다 더 잘 알고 있는 분야를 말하자면 그건 아마 문라이터에 대해서일 거야. 우주기상통제국에 있는 너보다야 항공기계정비반에 있는 내가 문라이터에 더 빠삭하지 않겠어? 처음으로 문라이터에 대해 배운 날 내가 밤늦게까지 잠도 안 자고 이불 속에서 떠들어 댔던 덴 그런 이유도 있었어. 내가 처음으로 너보다 먼저, 너보다 잘 알게 된 무언가가 있다는 게 정말로 많이 기뻤거든.

너는 내 입학 때부터 칠 년을 같이 살아온 룸메이트였고, 나의 엄마이자 언니이고 때로는 귀여운 여동생 같은 사람이었지. 그러나 동시에 너는 이 학교 최고의 수재였고 입학한 지 삼 년 만에 남들은 오 년 넘게 걸린다는 우주기상제어관 3급 시험에 합격한 촉망받는 유망주였어. 그리고 차곡차곡 엘리트 계단을 밟아 지금은 우주기상통제국 A팀장 자리까지. 표면상으로는 아직 네가 미성년자라서 정식 부국장 자리를 줄 수 없다고 하지만, 네가 우주기상통제국에서 싱 국장 다음으로 뛰어난 사람인 건 모두가 잘 알잖아. 흰색 블레이저와 남색 바지로 이루어진 학생 제복을 입고 있지만 열 명의 어른보다 뛰어난 아이. 그게 너, 최세은.

열다섯 살, 우리가 처음으로 진로를 결정할 때였지. 중등교육을 마치고 어느 기관에서 고등교육을 받을지를 결정하는 순간 그게 우리의 직업이 될 거라는 걸 모두 알고 있었어. 너는 당당하게 커트라인이 가장 높다는 우주기상통제국에 지원서를 썼고, 나는 네 바로 곁에 있을 수 있는 기상관측국이나 통계국이 아니라, 출장이 잦고 체력이 약한 애들은 일주일에 한 번씩 보건실로 실려 간다는 항공기계정비반에 원서를 넣었지.

사실 항공기계정비반에도 간신히 합격했어. 솔직히 이 학교에 들어왔다는 게 기적일 정도로 내 석차는 매년 하락하고 있었잖아. 물론 나 같은 아이들은 많지. 들어올 때는 어떻게든 필사적으로 살아 보겠다고 시험을 쳐 합격했지만 점점 나태해지는 아이들이라고 교사들은 우리를 비웃어. 하지만 이것 하나만은 말해 두고 싶어. 나는 나태한 적 없어. 네 곁에서 너를 지키려면 늘 최선을 다해야 했고, 그래서 공부를 조금 소홀히 했던 것뿐이야. 그런 내가 너와 같은 부서에 지원서를 쓰지 않은 이유는…… 조금만 있다가 말할게.

너는 그때 내가 너와 다른 부서를 썼다는 일 때문에 서운해했었나? 아니면 네가 가장 원하던 곳에 합격했다는 기쁨에 들떠서 나를 껴안고 팔짝팔짝 뛰느라 그럴 새도 없었나? 다음 날 우리 둘의 방문 앞에 붙은 명패가 새로운 디자인으로 바뀌던 건 기억해. 최세은이라는 네 이름 아래 '우주기상통제국'이라는 마크가 붙고, 유리아라는 내 이름 아래에는 '항공기계정비반'이라는 마크가 붙었지. 전교 최고의 수재와 평범한 나는 그렇게 스무 살까지 그 방에서 함께 살아갈 줄 알았지. 같이 잠이 들고, 같이 밥을 먹고, 하루 일과가 끝나면 시시한 수다를 떨며, 때로는 비밀스러

운 이야기를 주고받으며

살아가기를 바랐지.

그 모든 게 꿈이 되어 버린 것 같은 지금, 손에 닿지 않는 지금.

이 모든 걸 로빈 패거리 탓으로 돌릴 수는 없어. 네가 통제국장에게 꼬리를 쳐서 열일곱 살 주제에 기상제어관 1급 시험에 합격했다는 헛소리를 한 건 로빈이었고 그래서 내가 로빈을 때렸지만.

그렇다고 로빈 때문에 지구와 혜성이 충돌한 건 아니잖아.

물론 맞고 때리면서 악을 썼어. 너 같은 쓰레기는 혜성에 머리를 맞아도 정신을 차리지 못할 거라고. 하지만 그게 지금…… 지구를 이렇게 만든 원인은 아니지. 로빈이 시험 일주일 전 새벽 1시에 싱 국장의 연구실에서 나오는 너를 보았다고 해서, 네가 싱 국장에게 떳떳하지 못한 거래를 하고 1급 기상제어관 시험에 붙은 게 아니듯이.

미안, 세은. 내 이야기를 듣는다면 너는 좀 놀라겠네. 듣지 못해서 다행이야.

나는 다 알고 있었어. 기상제어관 필기시험 일주일 전이 싱 국장의 생일이었다는 사실도. 그 보름 전부터 네가 쉬는 시간마다 가장 가까운 백화점에 달려가 넥타이를 흘긋거렸다는 것도. 네가 마음에 들어 한 넥타이는 우리에게 지급되는 용돈을 모아서는 살 수 없는 비싼 제품이었다는 것도 알아.

네가 손전등 하나만 켜 놓고 밤새워 편지를 썼던 것도. 그리고 기숙사 소등 시간인 11시 반을 넘겨 12시에 그 선물을 들고 싱 국장의 연구실로 갔던 것도. 다 알고 있었어.

어떻게 모를 수 있겠어. 네 캘린더에 표시된 싱 국장의 이니셜, 네 베개 밑에 있던 넥타이 카탈로그, 그리고 휴지통에 가득한 구겨진 편지지까지. 싱 국장님께, 그 말만 쓰고 지우고 구겨 버린 편지지를 보며 내가 어떻게 모를 수 있겠어. 네가 까치발을 들고 기숙사 창문을 넘어 밖으로 나가는 걸 어떻게 내가 모를 수 있겠어. 다만 내가 모르는 것은 네가 그날 싱 국장에게 어떤 거절의 말을 들었는지야. 나간 지 이십 분 만에 들어온 너는 이불 속으로 들어가 숨죽여 울었으니까. 단지 그 마음은 알고 있지. 네가 싱 국장에게 거절당하며 느꼈던 마음을 나는 매 순간 너를 보며 느끼고 있었으니.

로빈이 너를 창녀를 뜻하는 'W'라고 부르며 내 앞에서 그날의 일을 다 아는 듯 떠벌릴 때 사실 나는 따박따박 반박하고 싶었지. 네가 1시에 싱 국장의 연구실에서 나왔을 리가 없다고. 네가 침대에 들어가 소리 죽여 흐느끼던 시간이 12시 30분이었다고. 그러나 나는 참지 못하고 주먹을 날렸어. 사실이 뭐가 중요하겠어. 로빈은 단지 너를 비난하고 싶었을 뿐이야. '천재'로 들어와 '천재성'을 유지하지 못한 아이들이 그러듯이. 우리 우편함에 종종 들어 있던, 네 앞으로 온 익명의 편지 속 면도날처럼 날을 세운 아이들의 시선.

세상 누구보다 너, 최세은을 잘 아는 사람은 부모도 형제도 아닌 바로 나니까 함부로 떠들면 가만두지 않겠다고 이야기하고 싶었어. 그리고 내가 세상 누구보다 널 잘 아는 이유는 세상 누구보다 널 사랑하기 때문이라는 것도. 하지만 말하지 못했어. 한 마디라도 꺼냈다간 로빈 앞에서 울어 버릴 것 같았으니까. 그런 건 너무 꼴사납잖아. 그리고 아직 너에게 고백도 못 했는데, 내가 너를 사랑한다고 로빈 같은 멍청이에게 먼저 말해 줄 수는 없잖아?

사실 많이 고민했어. 사랑이라. 한 번도 누군가에게 온전히 사랑받아 본 적이 없는 내가 지금 느끼는 감정이 정말 사랑일까. 우리 우편함에 면도날을 넣거나 방문 앞에 선물을 놓아두는 아이들의 감정을 질투나 동경이라는 이름으로 섣불리 부를 수 없다면, 내 감정에도 사랑이 아닌 다른 이름이 붙어야 하는 게 아닐까.

그러나 너에게 관심을 보이는 아이들이 매일 아침 아직 잠든 네 모습을 보며 평생 네 곁에 있고 싶다는 생각을 할까? 네가 다른 사람의 말에 상처받아 울 때 대신 울어 주고 싶다는 생각을 할까? 사랑을 배운 적도 없는데 왜 사랑이라는 말이 떠올랐는지,

나도 잘 모르겠어.

……걱정하지 마. 이건 기록하지 않을 테니까. 지구에서 볼 수 없는 달의 뒷면에도 남기지 않을 거야. 나는 네가 싫어할 일은 하지 않아. 지금 나는 온 우주에서 유일하게 문라이터를 다룰 수 있는 사람인걸. 재와 구름이 지구를 가린 지 벌써 다섯 달이 넘게 지났어. 지금 내가 남기는 기록이 지구의 유일한 기록이 될지도 모르지. 문라이터의 배터리도 이제 얼마 남지 않았어. 이렇게 오래 내가 달에 남게 될 줄 알았으면 좀 더 많이 공부해 두는 건데.

문라이터 얘기나 조금 더 할까. 그 전에 내가 자란 고아원 이야기도 좀 하고. 내가 자란 고아원은 매주 일요일마다 예배를 드리는 곳이었어. 상급생 아이들로 이루어진 성가대가 화음을 맞춰 성가를 부르는 동안 나는 꾸벅꾸벅 졸곤 했어. 주일학교 교사들은 우리를 깨우기 위해 온갖 재미있는 이야기를 들려주었지만 내가 기억하는 건 별로 없어. 그래도 천지창조에 관한 건 잘 기억하고 있어. 그건…… 문라이터를 만든 제네시스가 달에 처음 새긴 메시지이기도 하니까.

'태초에 하나님이 천지를 창조하시니라.'

내 나이 아홉 살, 문라이터의 출현은 지구인 모두에게 큰 화젯거리였지. 고아원의 작은 티브이 앞에 모든 아이들이 모여 문라이터가 거대한 펜으로 달에 첫 문장을 새기는 광경을 지켜봤어.

어떻게 보면 참 이상한 일이야. 문라이터를 만든 회사의 이름이 제네시스. 창세기가 진리로 받아들여지던 때의 사람들은 지구가 우주의 중심이고 해와 달은 그저 지구의 들러리에 불과하다고 여겼을 텐데, 현대의 제네시스는 지구 주위를 도는 달을 거대한 이윤을 창출하는 광고판으로 삼았잖아.

지구상의 모든 나라에서 달의 영토를 사들인 제네시스는 지구에서 볼 수 있는 달의 앞면을 거대한 크레인으로 갈아엎었어. 달에서 보인다던 여인의 얼굴, 혹은 토끼가 사라지고 판판하고 빛나는 도화지가 되도록. 둥근 구형의 도화지가 되어 버린 달. 아직도 옛날 다큐멘터리를 잘 찾아보면 문라이터의 삽과 괭이 들이, 엄청나게 큰 농기구 같은 그것들이 밭을 갈듯이 달 표면을 갈아버리는 장면들이 남아 있겠지. 어쩌면 이 우주기지에 있는 메모리카드 안에도 남아 있겠구나. 그리고 회사는 그 모든 작업이 끝난 후, 문라이터가 달에 메시지를 새기는 장면을 생중계로 내보냈지. 창세기의 첫 글귀가 달에 새겨지던 순간, 그리고 문라이터가 거대한 펜촉을 달에서 떼며 제네시스의 광고를 끝낸 순간, 고아원의 아이들은 너 나 할 것 없이 밖으로 뛰어나가 달을 올려다봤어. 내가 살던 고아원에는 성능 좋은 천체망원경 같은 건 없어서 우리는 맨눈으로 하늘을 올려다봤지. 달을 보며 '보여? 보여?' 떠들어 대던 게 아홉 살 때의 일이야. 우리 둘은 서로 다른 고아원에서 하늘을 보고 있었을 거야.

우리가 서로 모르던 때.

나는 그때 처음으로 달에 가고 싶다는 생각을 했어. 내가 다른 아이들과 조금 다르다는 건 알고 있었어. 그러나 이 학교에 들어와서 너를 보고, 너를 좋아하게 되면서 모두 잊어버렸지. 너를 본 순간 나는 처음으로 신에게 감사했어. 신은 달을 만들었고, 인간을 만들었어. 인간은 제네시스를 만들었고, 제네시스는 우리가 만난 학교를 만들었지.

잠깐만 기다려 줄래? 산소 농도를 조금 더 낮춰야 할 시간이야. 한 순간이라도 더 견디려면 그렇게 하는 것 외에는 방법이 없어. 내 몸은 점점 낮아지는 산소 농도에 익숙해지고 있어. 그만큼 내 움직임은 둔해지고, 나는 느리게 숨 쉬는 사람이 되어 가. 모두들 놀라겠지. 그것도 지구에서 살아남은 누군가 달에 와 나를 발견했을 때의 이야기겠지만. 일 개월로 예정된 출장 기간. 문라이터 안에 있는 비상용 식량과 산소를 모두 끌어모아도 겨우 네 달을 넘길 수 있을지조차 불투명하던 상황. 거기서 아무리 특별교육센터의 아이라 해도 어떻게 열일곱 살의 여자아이가 여섯 달이나 살아남았는지. 그리고 앞으로도 한 달을 더 살아갈 산소와 식량을 남겨 두었는지.

항공기계정비반에 들어갔을 때 내가 배운 건 우리가 다뤄야 할

기계의 역사와 구조 말고도 몇 가지가 더 있었지. 그중 가장 혹독했던 건 우주에서 살아남는 법이었어.

대기권을 벗어나 우주로 갈 때를 대비한 발사체 충격 훈련을 매주 한 번씩 견뎠고 인간이 숨 쉴 수 있는 가장 낮은 산소 농도와 최소한의 식량으로 가장 긴 기간을 생존하는 테스트를 육 개월에 한 번씩 거쳤어. 그래서 우리 반 아이들은 다른 아이들보다 유난히 말랐고 느리게 숨 쉬었지. 대기권 돌파 가상현실 테스트마다 나는 늘 토하고 싶어 이를 악물었고 그날 밤은 헛소리를 하며 앓았지만 지금은 그 모든 훈련에 감사하고 있어. 비록 내게 남은 삶의 의미라는 것이 고작 이렇게 문라이터 기록장치에 대고 키보드를 두드리는 것이라고 해도.

처음엔 많이 놀랐어. 지구로 돌아가기까지 열하루가 남아 있었지만 문라이터의 점검은 일찌감치 끝나 있었어. 정비가 필요해서 나를 보낸 거라기보단 달에서의 근신 같은 거였으니까. 한가해진 나는 달의 각 구역마다 설치된 카메라를 돌려 보며 지워질 메시지와 남겨질 메시지, 새로 새겨질 메시지를 검토하고 있었어. 달에 글자를 새긴다는 낭만과는 전혀 어울리지 않는 이해타산 문제.

제네시스가 내세운 사업 아이템은 '당신이 원하는 메시지를 영원의 장소, 달에 새겨 드립니다.'였지. 공기가 없어 풍화침식도 없는 곳이니 한번 새겨진 글자들은 영원히 지워지지 않는 게 맞아. 메시지를 요청한 사람이 꼬박꼬박 관리비와 유지보수비용을 내기만 한다면 말야. 돈을 내지 않으면 메시지는 지워지고 그 구역을 산 다른 사람의 메시지가 그 공간을 채우게 되지. 온갖 서체로 새겨진 세계 여러 나라의 언어가 달을 가득 메우고 있었어. 그 구역을 하나하나 둘러보는데, 갑자기 어느 모니터 하나가 어두워졌어.

지구와 연결된 모니터였지.

나는 시끄러운 걸 좋아하지 않아. 특별한 때가 아니면 이 기지 안에서 음악을 듣는 일도 없었고, 모니터에 연결된 스피커도 켜 놓지 않았어. 그래서 내가 느낀 것은 단지 지구를 비추던 모니터가 갑자기 어두워졌다는 사실이었지. 그 순간 어떠한 폭음이라도 들렸는지, 혹은 고요했는지는 알 수 없어. 내가 고개를 돌렸을 때 이미 모니터는 어두워져 있었어. 밤하늘을 비추는 게 아니라, 완전히 카메라와 단절되어 버린 것처럼. 지구를 비추는 모니터 외에는 모든 것이 정상적으로 돌아가고 있었어. 나는 무슨 일이 일어난 건지 몰라 눈만 깜박거렸어. 그리고 아직 밝게 켜져 있는 모니터 하나하나에 다른 채널을 입력해 보았지. 다른 채널은 모두 정상적으로 돌아갔어. 나는 어두워진 모니터에 다른 채널을 입력해 보기도 했어. 모니터 고장이 아니었어. 그 모니터에서도 다른 채널은 멀쩡하게 나오고 있었으니까.

무작정 기지 밖으로 뛰쳐나가려는 다리를 손톱자국이 나도록 내리누르며 나는 깨달았지. 지구와의 통신이 끊어졌다는 것을. 지구에서 내보내는 전파가 더 이상 달에 닿지 못한다는 것을. 나는 우주기지를 이동 모드로 바꾸어서 지구가 보이는 곳까지 운전해 갔어. 거대한 다리가 달린 1인용 우주기지는 어기적거리며, 바닥 가득 새겨진 메시지를 피해 움직였지. 내가 그곳에 도착해 바깥을 보았을 때, 지구는 이미 흐릿해지고 있었어. 뿌연 안개에 휩싸이는 것처럼 푸르게 빛나던 부분들이 흐려지고 있었지. 눈을 아무리 비벼도 시야가 맑아지지 않았어.

나는 그 상황에서도 그동안 배운 매뉴얼을 떠올리려고 애썼어. 네트워크에 문제가 생겼을 때의 대처 방법. 하나, 통신기의 연결 상태를 확인한다. 둘, 지구와 달 중간기지에 있는 무인 인공위성 관제 센터에 비상 신호를 보낸다. 셋, 아이디와 패스워드를 입력하고 재연결을 기다린다. 그런데 소용이 없었어. 통신기는 연결되어 있었고, 무인 인공위성 관제 센터를 통해 비상 신호도 보냈어. 하지만 지구에 있는 누구도 내 메시지를 받아 주지 않았어.

비상 채널로라도 연결이 되었다면 재연결 허가가 내려졌겠지. 재연결 허가 전 우주항공 네트워크에 아이디와 패스워드 입력 절차가 떠야 하잖아. 그러면 나는 내 아이디를 입력하고, 네 이름의

철자를 뒤섞어 만든 패스워드를 입력해야 하는데, 아무리 기다려도 아이디와 패스워드를 입력하라는 창이 뜨지 않았어.

숨이 가빠 왔어. 나는 통신 기록을 뒤졌어. 마지막으로 지구와 통신한 게 언제지? 삼 일에 한 번씩 있는 정기 보고가 그저께였어. 그리고 너와 주고받은 대화가 어제였어. 어젯밤. 그러니까 지구 시간으로 스무 시간 전.

마지막으로 네가 나에게 대체 뭐라고 했지?

우리가 무슨 이야기를 나누었지?

새하얘지는 머리를 간신히 가누며 나는 우리의 통신 기록을 불러왔어.

—문라이터 달 기지에서 통신 요청합니다. 우주항공특별교육센터 항공기 계정비반 유리아. 코드 UH-E-20258입니다. 프라이빗 통신 요청. 코드 UH-C-C0886 최세은 응답 바랍니다.

—연결합니다. 잠시만 기다려 주십시오.

건조한 기계음이 흘러나오고 잠시 뒤 기침 소리가 들렸어. 지구 시간으로 이른 저녁이었는데도 네 얼굴은 까칠해 보였고 눈 밑이 검었어. 너는 눈을 비비며 나에게 힘없이 웃어 보였어.

—안녕, 달 날씨는 어때?

—비바람이 몰아쳐서 기지가 날아갈 지경이야. 거긴 어때?

달에 비바람은 무슨. 농담으로 인사를 대신하며 나도 웃었어. 그렇지만 너는 어쩐지 심각해 보였어.

—음, 별 이상은 없어. 정신 나간 운석 하나가 갑자기 궤도를 바꿔서 지구를 방문하겠다고 하는 걸 빼면. 방문 비자 내줄 생각은 없는데.

—운석? 그거 비껴간다고 하지 않았어?

지구로 날아오는 운석들을 처리하는 게 우주기상통제국의 중요한 업무 중 하나였지. 언젠가부터 운석 덩어리들은 자꾸만 방향을 틀어 지구로 날아왔어. 묘하게도 그 시기는 제네시스가 달에 진출해 달을 거대한 광고판으로 쓰기 시작한 직후였고, 그래서 제네시스 본사 앞은 늘 종교 단체들의 집회로 법석이었어. 교육을 받으러 본사에 방문할 때마다 온갖 언어로 된 기도문에, 낙서에, 고함 소리에 귀가 먹먹하고 어지러울 정도였지. 달에 있는 메시지들이 모두 다 소리로 변해도 그렇게 시끄럽지는 않을 걸. 그 사람들은 우리를 악마 보듯이 쏘아보며 소리 질렀지. 운석이 지구를 파괴하는 건 신의 심판이라고. 신의 피조물인 달을 인간 마음대로 다루려고 하기 때문에 신이 지구를 심판하려 한다고 말이야.

그 말을 비웃기라도 하듯 제네시스는 어마어마한 돈을 투자해 운석 궤도를 바꾸는 장치들을 만들어 냈지. 제네시스가 만든 장치들은 작은 운석들은 파괴하고 큰 운석들은 방향을 돌려놓았어. 지난 몇 년 동안 지구로 향해 오던 운석의 수가 과거에 지구를 향했던 모든 운석들의 수와 맞먹는 건 사실이야. 그러나 너는, 네가 속해 있는 우주기상통제국은 그때마다 훌륭하게 임무를 수행했지. 적절한 시기에 대피령을 내리고, 운석 파괴 장치와 궤도변환 위성들을 이용해서 대기권 안쪽에 피해가 미치지 않도록 했어. 사람들은 태풍과 쓰나미를 두려워할지언정 운석과 지구의 충돌을 두려워하진 않았지. 그래서 나는 너의 말이 그저 늘 하던 농담이라고 생각했어. 내가 떠나기 전날 밤에도 너는 운석 궤도 계산을 하고 있었지만 네 표정은 일차방정식을 풀듯 편안해 보였기에.

—비껴가겠지. 아마도.

네 뒤로 커피 잔을 들고 걸어가는 싱 국장의 모습이 잠시 보였어. 너는 아무것도 눈치채지 못한 듯 눈만 비비고 있었지. 그런데 나는 보았어. 흐릿한 통신 카메라 영상으로도 잘 보이더라. 늘 비슷한 패턴, 비슷한 색의 넥타이만 매던 싱 국장이 처음 보는 넥타이를 매고 있었지. 그래, 꼭 우리 또래의 여자애가 골랐다고 하면

믿기 쉬울 것 같았어. 네 취향과는 백만 광년쯤 동떨어진, 유치찬란하다고 보아도 좋을 정도로 화려한 넥타이였지. 싱 국장이 누군가에게 친근하게 인사를 건네는 동안에도 너는 눈을 비비고 있었어. 네가 굳어 가는 내 표정을 알아차리지 못해서 다행이었어.

—지구로 언제 돌아와?

—열하루 더 있으면 귀환 셔틀 타고, 중력적응훈련까지 마치려면 보름쯤 걸리겠지 뭐.

—빨리 와.

—왜?

너는 옆에 놓인 커피 잔을 입에 대고 홀짝였어. 네 취향대로, 설탕과 우유를 잔뜩 넣어서 카페라떼라기보다는 커피우유에 가까울 커피를.

—기숙사에서 혼자 자는 거 싫어.

만약 네가 싱 국장을 좋아하는 마음이 그저 장난같이, 봄날의 바람같이 지나가는 거였다면 나는 그때 농담을 했을 거야. 아직 실연의 상처가 덜 지워져서 그러냐고. 하지만 우리는 열일곱. 사랑을 받지 못해 주는 방법도 느리게 배우던 우리에게 첫사랑은

봄바람이라기보단 태풍 같았지.

그때 나는 당장 너의 곁으로 돌아가고 싶었어. 세은, 귀환하면 교장에게 잔소리를 마저 듣고, 반성문과 보고서를 제출하고 난 다음에는 휴가라도 갈까? 저기 남반구 해변 어딘가쯤으로? 따뜻한 모래톱에서 모래성도 쌓아 보고 코코넛 주스를 마시면서 놀자. 밤이 되면 몰래 호텔 바에 들어가 칵테일도 한잔씩 하는 거야. 어른이 된 것처럼. 그렇게 하면 다 잊어버릴 수 있을 거야. 그렇게 말할까 고민하던 차였어.

"세은. 호출."

여전히 뺨에 반창고를 붙인 로빈이 네 뒤에서 너를 불렀지. 로빈도 모니터에 비친 나를 보았을 거야. 나는 슬쩍 가운뎃손가락을 들어 보였고 로빈은 인상을 썼지. 너는 고개를 돌려 로빈과 잠시 이야기했어. 아마도 통신 중이라는 이야기와 통신이 중요하냐 호출이 중요하냐 뭐 그런 이야기였겠지. 로빈이 이겼는지 너는 어깨를 으쓱해 보이고 자리에서 일어나며 나에게 말했어.

—빨리 돌아와.

눈 밑이 검게 가라앉은 채로, 피곤이 가득한 표정으로. 보는 사람이 네 어깨를 안고 도닥이게 만들고 싶어지는 미소를 지으며.

너와의 통신은 그렇게 종료되었어.

그리고 그게 지구와 나와 연결된 마지막 기록이었지.

다행이야. 내가 마지막으로 지구에서 대화한 사람이 너라서.

지구에서 마지막으로 나에게 말을 건네준 사람이 너라서.

무슨 일이 일어났던 걸까. 너와 내가 연락하지 못한 스무 시간 동안 네가 있는 곳에서는 무슨 이야기가 오갔을까? 분명히 너는 네가 할 수 있는 모든 노력을 다했을 거야. 몇십 번이고 궤도를 수정하며 지구를 구하려고 애를 썼을 거야. 한순간도 손을 놓고 한숨을 쉬거나 눈물을 흘리진 않았을 거야. 지구와 운석이 충돌하는 마지막 순간까지 어쩌면 너는 대피소로 들어가라는 명령을 무시하고 키보드를 두드렸을 거야. 그리고 아주 희박한 확률로…… 어쩌면, 그래, 어쩌면…… 싱 국장이 아니라…… 나를 생각했을 거야.

울면 안 되는데.

울면 숨이 가빠져. 그러면 산소를 많이 소비하게 되고, 울고 나면 탈수증이 오기 때문에 물도 더 섭취해야 돼. 고작 울었다는 이유로 살아갈 날을 또 하루 잃고 싶지는 않아.

지구가 뿌연 구름과 먼지로 뒤덮인 후 나는 여러 날을 망연자실하며 보냈어. 처음에는 좁은 기지 안에서 고함을 지르며 난동을 부렸어. 이게 모두 꿈일 거라고 팔다리를 벽에 마구 부딪치며 울었어. 하지만 소용이 없었지. 하루 종일 배터리를 켜 놓고 지구에서 오는 통신을 기다리기도 했어. 하지만 며칠 후부터 그냥 다…… 내려놓았어. 어떤 사람들은 지구가 망가지기 전 미리 피했겠지. 무인 우주왕복선이나 우주 곳곳의 기지로. 하지만 너는, 너는 그러지 않았을 것 같아.

우리는 어디로도 달아날 수 없었지. 아무리 고된 훈련을 시켜도 울면서 전화를 걸 엄마나 아빠가 없었어. 그래서 우리는 나이에 비해 턱없이 높은 성과를 이루어 낼 수 있었지. 우리는 사랑해야 할 상대를 대부분 학교 안에서 찾아냈고 함께 있으려면 떨어지지 않기 위해 끝없이 노력해야 했으니까. 그게 몸에 배어 버렸잖아. 그러니까 너는 아마도 대피소로도, 대기권 밖으로도 가지 않고 마지막까지 우주기상통제국에 있었을 거야. 내가 돌아올 지구를 지켜 주려고. 용감한 최세은. 복도에서도 교실에서도, 내 앞에서도 울지 않고 늘 침대 안에서만 울었던 열일곱 살.

태어나자마자 고아원에 맡겨진 내게 엄마나 아빠라는 단어는 아득한 별처럼 개념으로만 존재했지. 하지만 너는 달랐어. 네 이름은 다른 단어와 달랐어. 모두가 자기 일에 열중하는 이유가 사실은 외로워서인 이곳에서, 쓸모없는 사람이 되면 간신히 찾아낸 자기 자리마저 빼앗길까 두려워서인 이곳에서, 푸르지만 그만큼 차가운 별 지구에서 나에게 온기가 되어 준 사람. 내가 가장 많이 생각한 단어. 그건 너의 이름이야.

너는 강하고 예뻤어. 언제나 최선을 다했고 최고의 성과를 냈어. 네가 복도를 걸으면 꼿꼿한 네 등에 모두의 시선이 한번씩 향했지. 너를 좋아하는 남자애들은 셀 수 없었고 너를 흠모하는 여자아이들 역시 적지 않았지. 그러나 정작 너에게 다가가서 너를 좋아한다고 고백하는 아이들은 없었어.

너는 지나치게 강하고 완벽해서 누구도 너의 곁에서 당당해질 수 없었을 거야. 감히 동등한 연인으로 설 생각도 못 했겠지. 네가 때때로 악몽을 꾸고 소리 죽여 운다는 걸, 아침마다 뻗친 머리를 잠재우려 얼굴을 찡그리고 거울을 노려본다는 걸, 책상 서랍 속이 늘 엉망진창이라는 걸 아는 사람은 오직 나뿐이었을 거야. 늘 너의 곁에 있는 사람. 어쩌면 네가 칠 년 동안 룸메이트를 바꾸지 않은 것이 단지 내 입이 다른 사람들에게 너의 사생활을 떠들어 대지 않을 만큼 무거워서라고 해도 나는 상관없었어. 네가 원한다면 나는 끝까지 지킬 거야. 너의 초조함, 너의 눈물, 너의 짝사랑을 포함한 모든 비밀. 이제는 비밀을 들어 줄 사람이 아무도 없다고 해도.

너는 달 같았지. 달은 언제나 지구에게 같은 모습을 보여 주기에 우주선이 생기기 전 사람들은 달의 뒷면을 보지 못했어. 너를 둘러싼 아이들이 그러하듯이. 달이 늘 지구에게 한결같은 모습을 보여 줄 수 있는 건 달의 자전 주기와 공전 주기가 같기 때문이야. 지구 시간으로 약 한 달. 자전을 하루로 삼고 공전을 일 년으로 삼는다면 달에서는 하루가 일 년이고 그 시간은 지구 시간으로 약 한 달. 나는 이 달에서 엿새 동안 있었고, 여섯 달 동안 있었으며, 육 년 동안 머무른 셈이야.

참 길게도 써 놓았지. 하지만 이 이야기들을 달에 새기지는 않을 거야. 나는 이 이야기들을 전부 지울 거야. 그리고 한 가지 더, 달에 지금까지 사람들이 새긴 메시지도 전부 지울 거야. 그러고 나면 문라이터에 남은 배터리로는 기껏해야 짧은 동화책 한 권 정도의 분량이나 새길 수 있겠지.

쓸데없는 짓일까?

하지만 나는 이제 키보드를 두드리고 모니터로 내용을 확인하는 것도 점점 힘들어. 내 몸은 점점 오래 잠들고 깨어나지 않으려고 해. 그러니까 나는 완전히 잠들어 버리기 전에 달에 어떤 이야기를 새기려고 해.

너의 이야기.

열 살의 어린 나이로 지구 최고의 교육기관에 들어가 열일곱 살에는 학교 최고의 별이 되었던 아이. 누구에게나 강하고 현명하며 다정했던 아이. 내 이야기 안에서 너는 남에게 뒷모습을 들킬까 두려워하는 달이 아니라 태양이 될 거야. 왕자님과 오래오래 행복하게 살지는 못하더라도 지구에서 가장 용감했던 공주님으로 기록될 거야. 그걸 다 쓰고 나면 나도 아마 너를 만나러 가겠지. 달도 지구도 아닌 멀고 먼 곳으로.

나의 세계인 너를 만나러 갈 거야.

신은 엿새 동안 세상을 만들고 하루를 쉬었다지. 나는 엿새를 쉰 후에야 겨우 하나의 거짓된 세계를 만들어. 그러나 이 이야기 안에서 나는 너를 세상에서 제일 행복하고 빛나는 사람으로 만들 거야. 안녕. 지워질 이야기는 여기까지만 할게. 그리고 이제 새로운 이야기가 시작될 거야.

너는 나의 세계였으니, 나도 너에게 세계를 줄 거야.

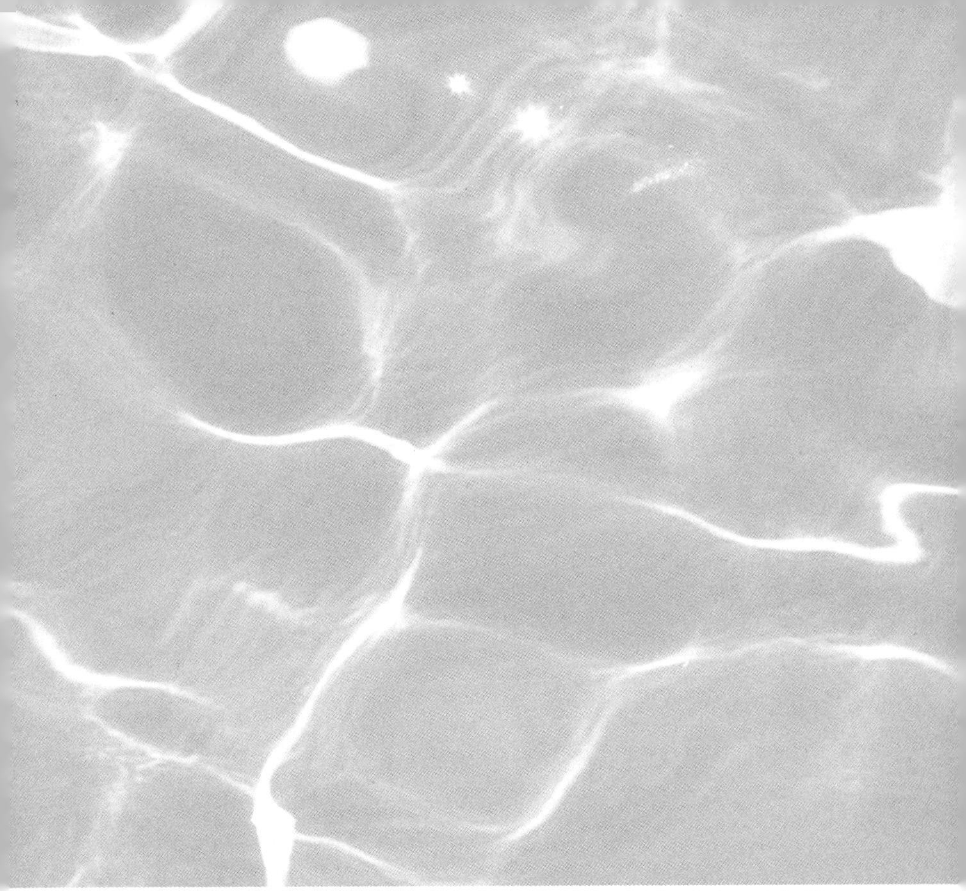

흰돌고래를 소환하는 주문

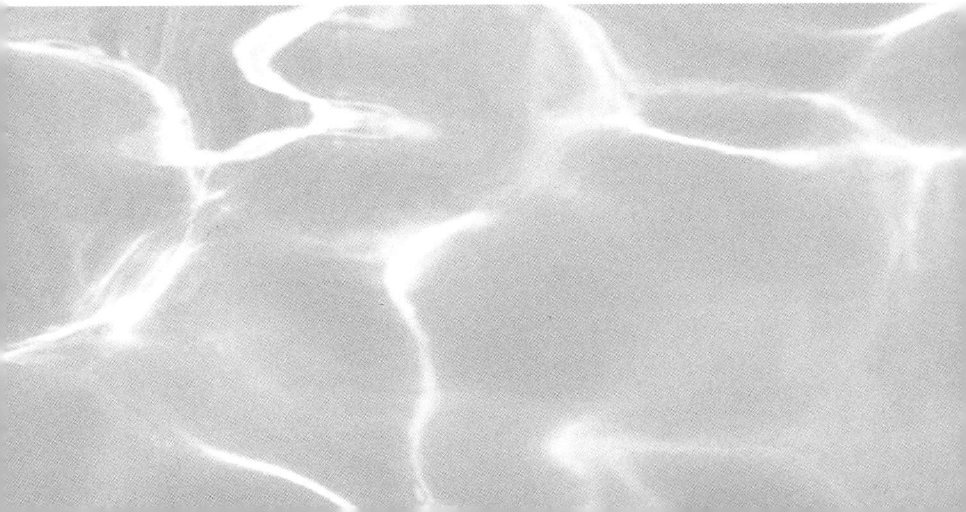

아홉 살, 아직 둘이 바닥에 누워 굴러다니며 '해리포터' 시리즈를 읽어도 엄마에게 학원 가라는 소리를 듣지 않던 시절의 일이었다. 진우가 대뜸 물었다. 야, 김선우. 선우는 네 번째 시리즈의 2권을 읽으며 진우에게 대답했다. 누나라고 부르라니까? 비록 태어난 시간이 몇 분 차이 안 나는 쌍둥이 남매라고 해도 선우는 엄연히 자신이 누나라고 생각했다. 그러나 진우는 부탁할 일이 없으면 절대 누나라는 호칭을 쓰지 않았다. 너는 가장 행복했던 기억이 뭐야? 아직 행복이란 단어는 조금 낯선 말이었다. 선우는 책을 덮고 진우에게 물었다. 갑자기 왜? 진우가 읽던 책을 선우 쪽으로 밀어 놓으며 말했다. 여기, 가장 행복했던 기억을 떠올려야만 쓸 수 있는 마법이 있다고 하잖아. 선우 너한테는 가장 행복했던 기억이 뭐야?

선우가 머리를 굴리고 있을 때 진우가 먼저 대답했다. 난 그거. 여섯 살 때 아빠랑 놀이공원 갔을 때 아빠가 미니카 사 줬던 거. 선우 너도 똑같은 미니카 받아서 우리 방에서 미니카 굴리고 놀다가 할머니한테 혼났잖아. 장판에 자국 난다고. 진우가 키득거렸지만 선우는 웃을 수 없었다.

선우에게 가장 행복했던 기억도 똑같았기 때문이었다.

그리고 그 기억이 선우에게 가장 행복했던 기억으로 남은 건 반짝이던 파란 미니카를 사서도, 아빠와 함께 놀이공원에 가서도 아니었다. 진우와 '똑같이' 무언가를 받아 본 기억이 그때밖에 없었다. 솜사탕을 하나 사도 엄마는 '나눠' 먹으라며 꼭 진우의 손에 쥐여 주었다. 진우와 똑같이 미니카나 로봇을 사 달라고 하면 '여자애가'라며 인형이나 소꿉장난을 권했다. 아빠는 이 집 안에서 유일하게 선우와 진우를 남녀로 가르지 않는 사람이었다. 그건 아빠가 나를 더 좋아하거나, 남녀평등주의자라서는 아닐 거야. 선우는 속으로 살짝 한숨을 쉬었다. 아빠는 너무 바빠. 그래서 우리랑 놀아 줄 때면 우리를 차별할 정신도 없을 뿐이라고. 선우는 그렇게 자신을 다독였다. 언젠가 아빠마저 선우에게 '어디서 여자애가'라고 말해도 속상하지 않도록.

그런데 둘이 똑같은 기억을 떠올리면, 그 마법은 어떻게 되는 걸까? 혹시 기억의 힘이 절반으로 갈라져 버려서 둘 다 마법을 못 쓰게 되는 게 아닐까? 그렇게 되면 난 또 진우에게 양보해야 되나?

"김선우, 뭐가 제일 행복했냐니까?"

진우의 채근에 선우는 어색하게 웃었다.

"어, 지난주에 문방구에서 뽑기 해서 아이스크림 당첨된 거."

거짓말이었다.

조금 늦게 태어나서 다행이야. 선우는 쌍둥이 동생 진우와 자신이 뭔가 '사고'를 칠 때마다 그렇게 생각했다. 몇십 년 전, 아니 십오 년 전에만 태어났어도 선우와 진우는 초능력자나 정신병자, 혹은 이상한 애들이라는 말을 들으며 자랐을 테니까. 아마 티브이에 출연해 출연료를 벌거나 서커스단 같은 곳에 납치되어서 고생하며 살았을지도 모르지. 어쨌거나 영국의 어느 작가가 쌍둥이가 가지고 있는 능력이 바로 '마법'이라는 이야기를 온 세계에 알린 이후, 남매는 좀 더 자신을 가질 수 있게 되었다. 엄마와 아빠는 선우와 진우에게 해리포터 시리즈를 사다 주고 정작 본인들은 표지 한번 펼쳐 보지 않았다. 하지만 선우와 진우는 이미 베스트셀러 시절도 지나 버린 그 책들을 달달 외울 정도로 읽고 또 읽었다. 그때가 아홉 살. 아홉 살짜리가 읽기에 해리포터 시리즈는 양도 많고 조금은 어려웠지만 선우와 진우는 딱 한 가지 정도는 이해할 수 있었다. 그리고 그건 해리포터 시리즈 안에 들어 있는 그 어떤 지식보다 두 사람에게 소중한 거였다.

선우와 진우는, 마법사였다.

만으로 열한 살이 되는 초등학교 5학년 생일이 돌아오기까지 둘은 매일매일을 두근거리는 마음으로 보낼 수 있었다. 비록 물건을 자기도 모르게 허공으로 띄워 버리거나 나무를 말라 죽게 하거나 담벼락을 부수는 사소한 사고를 쳐도, 보다 뻔뻔하고 자연스럽게 넘어가며 열한 번째 생일을 기다릴 수 있었다는 이야기다. 게다가 선우와 진우의 생일은 마침 5월 말, 영국에서 새 학년이 시작되는 9월보다 빨랐다. 해리포터 시리즈와 관련된 모든 인터넷 문서까지 달달 외워 버리다시피 한 둘은 생일날 초대장이 날아오면 그걸 누가 먼저 뜯어 볼지를 옥신각신하며 초등학교 5학년의 봄을 보낼 수 있었다.

다만 영국이 아니고 한국인지라, 그것도 서울 8학군은 아니지만 나름 교육열 높은 엄마들이 몰려 있다는 도시인지라 둘의 일과는 책 속에 나오는 아이들의 그것과는 완전히 달랐다. 학교를 다녀오면 할머니가 데워 주는 간식을 먹고 학원 일주를 시작했다. 수학과 영어, 논술까지. 둘 다 성적이 고만고만했기에 엄마와 아빠는 선우와 진우를 국제중이나 영재원에 넣으려는 시도는 하지 않았다. 하지만 초등학교 성적이 대학을 결정한다느니, 중학교에 들어가기 전에 피타고라스 정리쯤은 구구단 외우듯 외울 수 있어야 한다느니 하는 주변 사람들의 말에 휩쓸려 둘은 학원이 집보다 익숙한 생활을 보내고 있었다. 생일만을 기다리면서.

해리포터 시리즈는 엄마와 아빠가 사다 준 『열두 살 내 인생은 내가 결정한다』 『민사고 특목고 나도 갈 수 있어요』 『프린스턴 정복하기』 따위의 초등학생 자기계발서에 둘러싸여 먼지가 쌓여 갔지만 둘의 마음은 이미 마법학교를 향해 있었다.

그러니 양복을 단정하게 차려입은, 어찌 보면 보험 설계사나 새로운 학습지 홍보원처럼 생긴 젊은 남자가 찾아왔을 때 둘은 놀라지 않았다. 이미 일주일 전에 둘의 생일이 지났기 때문이었다. 부엉이가 물고 오지는 않았지만 우편함에 곱게 꽂힌 그 봉투를 발견한 순간 둘은 소리 없이 환호성을 질렀다. 다만, 진우와 달리 선우의 마음속에 생긴 불안은 남자가 식탁에 앉아 팸플릿을 꺼낸 순간에도 사라지지 않았다.

남자는 이런 일이 썩 익숙한 듯, 영어로 된 '그 학교' 팸플릿은 한쪽으로 슬쩍 치워 버렸다. 물론 아름다운 성 모양의 컬러 사진이 인쇄된 페이지가 선우와 진우 엄마 눈에 뜨이게 하는 것은 잊지 않았다. 그 대신 '영어만 사용하는 최적의 환경' '글로벌 문화를 자연스럽게' 등의 한국어가 쓰인 다른 팸플릿을 꺼내 펼쳐 보였다. 역시, 로컬라이징이란 위대했다.

남자는 얇은 뿔테 안경을 가볍게 치켜 올리더니 슬슬 밑밥을 깔았다. '선우와 진우가 다니는 영어 학원과 연계된 유학 프로그램이다. 선우와 진우의 실력을 보아하니 이 프로그램을 한번 추천해 보는 게 좋겠다고 생각해 찾아왔다.'는 남자의 말은 유려하고 거침없었다. 게다가 조금 좁은 듯한 집 안을 슥 훑어보는 행동까지도 완벽했다. 선우와 진우는 방 안에 들어가 숙제를 하는 척하면서 문틈으로 바깥의 상황을 모두 체크하고 있었다.

“이 프로그램이라는 게 소위 말하는 부유층 자제만을 위한 게 아니거든요. 여기 보시면 글로벌 문화 교육이라고 씌어 있잖아요? 물론 학교가 영국에 있다 보니 영국 학생이 많긴 해요. 하지만 이 학교의 모토가 ‘세계 모든 아이들에게 기회를’입니다. 영어권, 비영어권 할 것 없이 정말 다양한 나라 아이들이 이 프로그램과 연계해서 교육을 받고 있어요. 그러다 보니 창립자, 헬가 선생의 유지를 이어받아 조금 형편이 어렵더라도 실력 있는 아이들에게 기회를 주자는 쪽으로 그 전통이 이어져 왔고요.”

헬가라는 건 아마 네 기숙사 중 가장 존재감 없는 그 기숙사의 창립자를 이야기하는 거겠지. 선우는 수학 공책에 연필을 꾹꾹 누르며 웃음을 참았다. 이야, 조앤 롤링도 이런 건 짐작 못 했을 텐데. 진우는 숫제 연필도 놓은 채 바깥을 흘끔대기에 바빴다. 엄마의 목소리가 들렸다.

“선우랑 진우에게는 좋은 기회겠지만 영국이라는 데가 그렇게 가까운 곳도 아니고…… 무엇보다 여러 나라 아이들이 섞여서 공부하면 그, 교육 환경이라는 게 괜찮을지…….”

반쯤은 넘어갔지만 슬쩍 튕겨 보는 엄마의 화법. 선우는 한숨을 쉬었다. 엄마는 정말이지 생활의 달인이다. 저렇게 넘어갈 듯하면서 뒤로 몸을 빼면 사은품 하나라도 더 얹어 준다는 건 만고의 진리니까. 하지만 남자는 별로 애가 달아 보이지 않았다. 당연한 일이었다. 남자는 보험 판매원도 우유 판매원도 아니고 마법사니까.

“걱정하시는 것 이해합니다만 아무리 영국이라고 해도 1학년부터 7학년까지 완전히 책임져 주는 기숙 학교가 흔한 건 아니죠. 각 나라의 문화를 존중하며 동시에 글로벌 매너, 영국의 본토 예의범절을 가르치는 것도 우리에게는 굉장히 중요한 일이라서요. 그렇기 때문에 1학년부터 7학년까지 칠 년 동안 아이들이 같은 기숙사에서 같은 룸메이트와 생활하는 거 아니겠어요?”

남자는 열한 살 동양 아이들과 서양 아이들이 섞여 활짝 웃고 있는 사진을 손가락으로 톡톡 두드리며 말을 이었다.

“게다가 자녀분들이 지금 초등학교 5학년인데, 국제중이나 특목고를 갈 만큼 머리가 좋은 아이들은 벌써 두각을 나타내죠. 그게 아닐 바에야 영국에서 정통 영어를 배우면서 지내는 게 낫다는 건 누가 봐도 명백하겠죠. 미국 영어와 영국 영어가 많이 다른 건 아시죠?”

남자는 지금 막 생각났다는 듯, 엄마의 눈을 마주 보았다.

“최근 연구 결과에 따르면, 만 11세 이후의 언어 시냅스는 빠르게 ‘주로 사용하는 언어’에 맞춰진다고 합니다. 만 11세를 입학 연령으로 잡은 건 다 이유가 있어요. 그보다 어린 아이들에게는 부모와의 관계가 중요하다는 판단을 했죠. 그렇지만 시냅스가 완전히 굳어 버리면 영어 기숙사 생활을 하는 보람이 없지 않습니까.”

남자는 우아한 손짓으로 탁자 위에 놓인 주스를 들어 한 모금 마셨다.

"다시 말해, 지금이 최적의 기회이자 마지막 기회라는 거죠. 하지만 무엇보다 본인의 의사와 부모님의 판단을 존중합니다. 아이를 가장 잘 아는 건 누구보다 어머님 아니십니까."

엄마는 조금 고민하는 듯하더니 선우와 진우를 불렀다.

"선우, 진우. 이리 좀 나와 볼래?"

평소와는 다르게 다정한 목소리였다. 진우는 냉큼 뛰쳐나갔지만 선우는 미적미적 일어났다. 알고 있었다. 엄마가 저렇게 다정할 때는 기분이 좋을 때이기도 하지만, 둘 중 한 사람이 무언가를 양보해야 할 때였다. 아직까지도 선우와 진우가 같은 방을 써야 하는, 방 세 개짜리 전세 아파트. 둘이 중학교에 입학하면 선우는 할머니랑 같은 방을 쓰고 진우는 혼자 방을 쓰기로 이미 이야기가 된 상태였다. 아마 해리포터 시리즈도 여자애가 주인공이었으면 안 사 줬을 거야. 선우는 무거운 발을 질질 끌며 식탁에 앉았다. 남자가 짧게 윙크를 날렸다. 그래 봤자 소용없어요. 선우는 고개를 숙였다.

"엄마가 방금 이분 설명을 다 들어 봤는데, 너희들에게 정말 좋은 기회가 될 거 같아. 유학이라는 게 쉬운 건 아니지만 우리 집 형편으로도……."

엄마의 눈이 빠르게 둘을 훑고 지나갔다.

"둘 중 하나 정도는 보내 줄 수 있으니까. 영국하고 한국 왔다

갔다 하는 게 보통 일은 아닐 거고, 힘들기도 할 거야. 그래도 가고 싶다면 보내 줄게."

됐어요. 엄마는 모르겠지만 거기 런던에서 열차 타고 열 시간은 들어가야 하는 스코틀랜드 산골짜기야. 칠 년간 영국 음식만 먹으면서 감금당하는 거 난 흥미 없다고. 선우는 일부러 자기 마음에 어깃장을 놓았다. 선우의 성적은 진우보다 조금 더 높았다. 할머니 말대로 '진우 기죽일 정도'는 아니었지만 '제 앞가림도 못하는 계집애'는 아닌 딱 그만큼. 선우가 입을 열기도 전에 진우가 툭 튀어나왔다.

"갈래요!"

"어머, 진우가 갈래?"

엄마가 선우를 보았다. '넌 어떻게 할래?'라는 눈초리. 선우는 차가운 주스 잔이 식탁 위에 남긴 물방울들을 보며 천천히 말을 이었다.

"전 그다지……. 여기 친구들하고 헤어지기도 싫고, 엄마 아빠랑 멀리 떨어지는 것도 별로."

싫기는. 싫을 리가. 아무리 싫다 해도 마법사가 될 수 있는 기회를 놓칠 만큼 싫겠어요? 하지만 선우는 애써 웃었다. 늘 그랬던 것처럼. 어차피 자신은 '그 학교'에 가더라도 별 볼 일 없을 거라고 스스로에게 최면을 걸면서. 저 자리는 원래부터 진우를 위한 거였다고 애써 자신을 다독이면서. 오히려 당황한 건 남자 쪽이었다.

"아니, 저희는 두 학생을 다 받아들일 준비가 충분히……."

"아뇨. 저는 생각 없어요."

선우는 의자에서 일어났다.

"엄마, 나 오늘 수학 학원 보충 있는데 깜빡했어요. 다녀올게요."

"여자애가 덜렁거리긴. 그래, 잘 다녀와라."

방으로 들어가 있지도 않은 보충수업을 준비해 나오는 선우의 마음은 가볍지 않았다. 남자는 끝까지 선우와 눈을 맞추려 애썼지만 선우는 남자 쪽을 쳐다보지도 않았다. 다만 다행이라고 생각했다. 나는 이제 마법을 배우지 못할 거니까 '가장 행복했던 기억도 진우에게 양보해라.'라는 말은 듣지 않아도 되겠구나.

진우를 보낸 뒤 집 안은 조용했다. 엄마나 할머니는 종종 진우 몸이 축나지나 않을까 걱정된다며 전전긍긍했다. 그러나 선우는 외롭지 않았다. 그 후로 오 년이 지나는 동안, 선우는 가끔 방 안에서 혼자 마법을 썼다. 어설프게 시도하는 물건 띄우기나 손 안 대고 카드 뒤집기. 미성년 마법사는 학교 밖에서 마법을 쓸 수 없다고? 허가되지 않았다고 해도 마법학교에도 입학하지 않은 아이를 어떻게 잡아낼 거야. 게다가 이 먼 한국까지 와서.

그리고 또 하나의 수확이 있었다. 이 년 전, 놀이터에서 혼자 마법을 부리다가 뒤에서 불쑥 나타난 친구 하나.

사오, 내 친구. 진우와 공유하지 않아도 되는 친구.

"너도냐?"

선우가 공중으로 돌멩이 두 개를 띄워 올려 딱딱 마주치고 있을 때였다. 퉁명스러운 목소리가 선우의 등 뒤에서 넘어왔다. 유난히 가무잡잡하고 이국적인 얼굴 생김새. 선우는 고개를 뒤로 꺾어 남자애의 얼굴을 보자마자 알아차렸다. 아, 혼혈이구나. 아마도 동남아 쪽? 남자애는 허락도 없이 선우의 옆 그네에 털썩 앉았다. 그리고 선우가 마법으로 띄워 올린 돌멩이를 휙 낚아채 갔다. 돌멩이를 허공으로 던져 올렸다 받으며 남자애가 물었다.

"뭐야, 4월이면 영국에선 아직 학기 중이잖아. 퇴학당했어?"

"아니, 아예 안 갔어. 돈이 없어서."

"허, 철드셨네."

중학교 2학년, 선우네 반 남자애들과 똑같이 껄렁거리는 말투에 선우는 픽 웃었다. 교복 차림의 남자애 가슴에는 명찰이 매달려 있었다. 사오. 외국인 같은 이름이었지만 성이…… 음, 하씨네. 하사오. 끝내주는 이름이구나. 어쩐지 친숙한 그 이끌림에 선우는 묻지도 않은 말까지 털어놓았다. 어차피 '너도' 하고 알아볼 정도면, 이 애도 마법사거나 그 비슷한 무엇일 테니까.

"우리 집은 쌍둥이거든. 나는 안 가고 내 남동생만 갔어. 걘 삼 년째 영국에서 유학 중."

"집에는 안 와? 영국에서만 살고?"

"그러게. 페이스북에 가끔 애들이랑 런던 나가서 노는 사진은 올리던데."

"어라, 잠깐. 너는 '안 갔다'고? 못 간 게 아니라?"

사오의 미간에 주름이 잡혔다.

"너도 마법사인데 동생만 보냈다는 얘기야?"

사오의 기가 차다는 눈빛에 선우는 고개를 끄덕였다.

"우리 집은 남자애랑 여자애한테 같은 기회가 주어졌는데 둘 중 하나만 보내야 하면, 남자애를 보내는 그런 집안이라."

"와, 처음 보는 사이에 이런 말 하기 좀 그런데, 너네 집 남존여비 쩐다."

사오가 고개를 뒤로 젖히며 낄낄거렸다. 남존여비라. 어째 혼혈 남자애한테 들으니 꽤 색다른 기분이군. 얼굴에 떠오른 이채를 감추며 선우가 물었다.

"너는?"

사오는 베트남인 어머니와 한국인 아버지 사이에서 태어난 혼혈이었다. 원래는 시골에서 살다가 문자 그대로 밭 팔고 집 팔아서 할아버지 할머니 돌아가시자마자 이 도시로 올라왔다고. 생각 외로 아버지 사업이 잘되어서 그럭저럭 살고 있다고 사오가 말했다.

"그래도, 뭐냐, 해리포터에 나오는 집 중에 위즐리? 걔네 집 애들은 집이 끝내주게 가난해도 다섯 넘는 형제가 다 학교 갔잖아. 너네 집은 달랑 애가 둘인데 그게 안 된다니 말이 되냐."

"야, 걔넨 일단 마당 있는 자기 집이 있었거든? 그리고 걔네 아빠 마법부 공무원이거든? 우리 집처럼 아빠가 언제 잘릴지 모르고, 언제 집주인이 전세금 올려 달랄까 불안해하는 서민층 아니라고. 아니, 서민이어도 영국 서민이라고."

사오는 시종일관 선우만 한국에 남게 된 게 불만인 것 같았다. 잘 지내다가도 선우가 마법학교 이야기에 서운해하는 기색을 보이면 대신 화를 냈다. 처음 생긴 온전한 내 편. 그러나 타인이 자기 대신 화를 내 준다는 게 어색하고 불편할 때도 있었다. 그래서 선우는 늘 이야기의 말미에 이렇게 덧붙여야 했다.

"나까지 갔으면 너 심심했을걸? 이 동네에 마법사가 또 있을 거 같아?"

"그렇게 보니 또 그렇네."

사오가 뒷머리를 긁적이자 선우가 웃었다.

"마마보이. 자기는 엄마 혼자 한국에 있는 게 싫다고 안 간 주제에."

"이왕이면 효자라고 해 줄래?"

사오는 아무리 봐도 불량 학생이었다. 까무잡잡한 피부에 왁스를 발라 빳빳하게 세운 머리. 어릴 때는 덩치가 작아서 학교 아이들에게 늘 두들겨 맞았고, 시골을 떠나면서는 완전히 다른 사람이 되고 싶어서 사납게 굴기로 했다고 사오는 자랑스러움과 부끄러움이 뒤섞인 얼굴로 말했다. 하도 인상을 자주 써서 삐죽하게 올라가 버린 사오의 눈매가 자기 앞에서는 순하게 내려앉는 게 선우에게는 늘 귀엽게만 보였다.

"아, 그래도 딱 하나 좋은 거 있어. 진우가 영국 가니까 방은 나 혼자 쓰거든. 진우도 한국 학교 다녔으면 진우 혼자 방을 쓰고 나는 할머니랑 같이 방 썼을 텐데."

"그래. 긍정적이어서 좋다. 아주 띵하오입니다."

이상하게도 사오의 별명은 짱깨. 베트남하고 중국이 무슨 상관이냐며 짜증을 내도 놀리는 애들은 그냥 짱깨라고 부른다고 사오는 투덜거렸다. 왜, 같은 사회주의국가라서? 그러면 북한도 짱깨고 쿠바도 짱깨다. 멍청이들. 사오의 투덜거림에 선우가 나뭇잎 하나를 살짝 띄워 사오의 머리 위에 얹었다. 처음 만나고도 또 이 년이 흘러 사오의 키는 선우보다 머리 하나가 더 커졌다. 선우도 이제 남자애 머리를 마구 만지기는 쑥스러웠다. 그러니까 손 대신 나뭇잎으로. 사오도 피식 웃으며 마법을 써서 나뭇잎을 손 안으로 내려오게 했다.

"방학이 싫다. 급식이 안 나오잖아."

사오가 책 위에 엎드려 징징거렸다. 8월, 여름이었다. 만 열여섯인 사오와 선우는 고등학생이 되어 있었다. 베트남 혼혈아와 한국 여자애가 도서관에서 숙제를 하는 풍경이란 비현실적이었다. 특히나 외국인처럼 보이는 남자아이가 유창하게 한국말을 한다면 더욱더. 선우가 주변 눈치를 살피다 연습장에 적었다.

—급식 맛있어?

사오와 선우는 서로 다른 고등학교에 진학했기 때문에 선우는 사오가 왜 급식 타령을 하는지 알 수 없었다. 사오는 선우의 질문을 한참 들여다보다가 한숨을 쉬며 대답을 적었다.

—나는 엄마 쪽이 마법사였잖아. 기숙사에서 칠 년 동안 영국 요리만 먹어 버릇하면 사람 미각이 완전히 망가지나 봐. 급식이 아무리 맛이 없어도 우리 엄마 요리보단 맛있어.

선우가 소리를 죽여 웃었다. 사오의 눈이 선우의 정수리를 건너다보았다.

—영국 요리라니. 그거 그렇게 맛없어?

사오의 반듯한 글씨가 선우의 질문 밑을 채웠다.

—일단 끓여. 뭐든 끓여. 계속 끓여. 끝. 난 엄마가 베트남 요리라고 해 주는 게 그런 식이라 세상의 모든 베트남 요리가 그런 건 줄 알았는데 속았어! 영국 요리처럼 해서 그런 거더라. 사 먹는 베트남 음식은 완전 맛있어.

"배고프다."

음식 얘기로 꽉 차 가는 연습장을 보던 선우가 중얼거렸다. 사오가 잠시 입술을 삐죽거리다가 한 줄을 더 적었다.

—사 줘? 베트남 음식. 맛있는 데 아는데.

선우가 고개를 젓고 대답을 썼다.

—너랑 같이 밥 먹는 거 우리 집에서 알면 난리 남. 안 그래도 얼마 전에,

선우는 샤프를 멈췄다. '다 큰 계집애가 사내자식 만나고 다니는 것도 소문 나기 딱 좋은 일인데 하필 베트남 혼혈이냐.'고. 그런 잔소리를 엄마에게 들었다는 걸 사오에게 굳이 전할 필요는 없으니까.

—ㅇㅇ 알았음.

사오는 간단하게 흘려 적고 다시 자습서로 눈길을 돌렸다.

'말 안 해도 알아.'

그런 뜻으로 사오가 책상 밑으로 선우의 다리를 톡, 찼다.

이상해. 마법사들이 보기엔 다 똑같은 머글인데. 베트남에서 온 너네 엄마와 결혼한 너네 아빠도, 가부장주의가 세상의 진리라고 믿는 우리 엄마 아빠와 할머니도. 그런데 머글 눈에는 마법사인 나와 혼혈 마법사인 네가, 그리고 베트남 마법사인 너네 엄마가 그토록 별난 존재로 보이는 걸까. 어차피 조금만 다른 위치에서 보면 다 이렇게 달라지는 시선들이잖아. 어떨 때는 조금, 후회가 돼. 여기가 '그 학교'였다면 우리는 그냥 학생이었을 텐데.

도서관에서 대화를 하다가 멈춰 버린 날에서 두 주가 더 지난 뒤, 두 사람은 지하철을 타고 서울로 나왔다. 사오가 베트남 음식을 사 주겠다고 하도 고집을 부린 탓이었다. 여기가 아니라 서울로 가 버리면 우리가 누군지 아무도 모르잖아. 명동 가면 난 그냥 관광객이거든? 한국인들보다 더 귀한 손님이거든? 억지를 부리는 사오에게 선우는 두 손을 들 수밖에 없었다. 사오가 사 주는 베트남 음식이라고 해 봐야 동네에도 있는 쌀국수와 볶음밥이었지만 둘은 신나게 떠들면서 밥을 먹고 거리를 돌아다녔다. 종업원이 사오를 베트남 사람으로 봤는지 아무 말도 없이 고수를 잔뜩 가져다주었을 때도, 사오가 호기심에 고수를 한 입 씹어 먹고 화장실로 달려갔을 때도 선우는 마냥 기분이 좋았다. 화장실에서 입을 헹구고 온 사오가 벌게진 얼굴로 씩씩거렸을 때는 결국 소리 내어 웃어 버렸다.

정말 사오의 말대로 명동, 동대문 같은 곳에서는 사오를 아무도 이상하게 보지 않았다.

"그래서 중학교 때부터, 애들이 장난치는 게 심하게 짜증스러운 날은 사복으로 갈아입고 명동에 왔어. 성당도 가 보고, 화교학교도 가 보고. 엄마가 베트남어랑 중국어를 둘 다 할 줄 알아서 나도 대충 하거든. 그래서 화교 학교 근처에 가서 애들이랑 중국어로 말도 섞고. 그러면 재미있었어. 화도 풀리고. 여기서 나는 짱깨가 아니라 그냥 사오니까."

"베트남으로 가고 싶은 생각은 없어?"

선우의 말에 사오는 고개를 갸웃거렸다.

"거기 가면 또 한국인 혼혈이라고 뭐라 하지 않으려나? 별로 생각해 본 적 없는데. 엄마 나라지 내 나라냐."

"넌 이러나저러나 혼혈이구나."

선우가 말하자 사오가 팔꿈치로 선우의 허리를 쿡 찔렀다.

"심지어 난 마법사 세계에서도 혼혈이시다. 진짜 운명적으로 혼혈이야. 귀하게 모셔."

해가 조금씩 지고 있었다. 돌아가야 한다는 생각이 들었지만 선우는 그러고 싶지 않았다. 조금 더, 아무도 둘을 모르는 이 거리에 있고 싶었다. 사오가 먼저 입을 열었다.

"그냥 집에 가긴 아깝다. 서울까지 왔는데."

"지하철로 삼십 분이면 오는 데를 무슨 외국 온 것처럼 말하냐?"

선우의 타박에 사오가 입술을 삐죽였다.

"그래서 집에 가겠다고?"

"아니."

둘은 지도를 보면서 이곳저곳 가고 싶은 곳을 짚어 보았다. 남산타워에 올라가려다가 비싼 입장료에 한 번 찡그리고, 아이스크림 하나씩을 들고 남산 근처를 빙빙 돌았다.

"더워. 습도를 없애는 마법이 있으면 배우고 싶을 정도로 습하다."

선우가 녹초가 되어 축 늘어지자 사오가 말했다.

"베트남은 여기보다 덥고 습하대. 우리 엄마는 이 정도면 따뜻한 거라고 좋아하더라."

"진짜 긍정적이시네."

어느새 선우는 사오가 하던 말을 그대로 따라 하고 있었다.

"그래도 나 같으면 비 오고 나서 시원한 게 더 좋을 것 같은데,

이런 무더위가 좋다니 너네 엄마도 대단하시다."

"아, 그건."

사오가 아이스크림을 베어 물었다.

"우리 엄마는 비를 싫어하거든."

멀리 가로등이 하나둘 켜지는 거리를 바라보며 둘은 걸음을 늦췄다. 내리막길 경사가 급해졌다.

"이렇게 불이 켜질 때면 생각하는 게 하나 있어."

선우의 말에 사오가 고개를 숙여 눈을 맞췄다. 어둠 속에서 불쑥 다가온 얼굴 때문인지 선우의 눈이 커졌다. 사오가 눈을 가늘게 뜨며 물었다.

"뭔데?"

"니 얼굴 치우고 싶단 생각. 부담스러워. 저리 가라."

선우가 깔깔대며 한 걸음 물러나자 사오도 킬킬거렸다.

"농담이야."

선우의 목소리가 조금 가라앉았다.

"그냥 나도, 딱 한 가지 마법만 제대로 배울 수 있으면 좋겠다는 생각을 해."

마법학교를 포기한 대신 주어지는 보상처럼.

"아."

사오가 끄덕였다.

"나도. 그런데 가로등이 켜질 때는 생각 안 하고 다른 때 해."
"넌 언젠데?"
사오가 배시시 웃었다. 큰 키에 어울리지 않게.
"엄마가 악몽을 꿀 때."
마법사라면 졸업하고 마법부에 취직할 수도 있었는데 사오의 엄마는 굳이 베트남으로 돌아갔다. 졸업하기 한 달 전에 베트남에 어마어마한 폭우가 쏟아졌고 사오의 엄마는 집과 가족을 모두 잃었다. 마법으로도 죽은 가족을 되돌릴 수는 없다며, 사오의 엄마는 차라리 약간의 추억이라도 있는 베트남에서 살기로 결정했다고 사오는 말했다.
"비가 많이 오는 날에는 엄마는 울 것 같기도 하고 웃을 것 같기도 한 표정을 지어. 아마 습하던 베트남과 홍수로 떠내려간 집과 가족이 같이 생각나나 봐. 그런 날은 엄마가 악몽을 자주 꿔."
선우가 아이스크림을 한입 베어 물며 고개를 끄덕였다.
비가 오는 날이면 사오가 유난히 빨리 집에 들어가려고 서두르던 건 그래서였구나.
"가로등이 켜지기 전은 하루 중 가장 어두운 시간이잖아. 엄마도 할머니도 어릴 때부터 진우 편이었고 내 편은 아니었거든. 아빠야 워낙 바빠서 내 편이라는 생각은 안 들고. 지금처럼 해가 뜨려면 한참을 기다려야 하고 사방은 깜깜할 때, 뭐라도 좋으니 날 지켜주면 좋겠다는 생각이 들어."

약점 하나에 약점 하나. 선우도 한 번도 꺼내지 않은 이야기를 사오에게 털어놓았다. 사오는 아무 말 없이 선우의 머리에 손을 얹었다.

"너무 상심하지 마. 마법 없이도 잘 살잖아. 우리 둘 다."

"그래도."

어차피 우리는 제대로 배울 수 없을 거야. 지팡이를 휘두르며 주문을 외우는 건 칠 년 동안 학교에서 배워야 할 만큼 어려운 일이잖아. 그래도 딱 하나만 배울 수 있다면, 딱 하나만 우리가 원하는 걸 고를 수 있다면.

그게 마법사가 되는 걸 포기한 대가로 우리가 받을 수 있는 보상이라면 좋겠어. 그럴 수 없다는 걸 알아서 더 간절해.

"너랑 내가 배우고 싶은 주문, 혹시 똑같은 거 아닐까."

사오가 먼저 말했고 선우가 대답했다.

"아마도."

사람을 웃게 하는 주문도, 상대방을 무장해제시키는 주문도, 상대방에게 상처를 입히는 주문도 아니야. 남에게 피해를 주지 않는 주문. 나를 지키는 주문.

"익스펙토 패트로눔."

둘이 동시에 그 말을 하는 순간, 둘의 머리 바로 위에 있던 가로등에 불이 들어왔다.

"어?"

"와."

아이스크림이 녹는 것도 모르고 둘은 고개를 들어 불 켜진 가로등을 올려다보았다. 비록 금방 그 주위에 벌레들이 모여들었고, 녹은 아이스크림이 끈적하게 손아귀를 적시기는 했지만. 켜지는 전구처럼 둘은 폭발하듯 웃음을 터뜨렸다.

"뭐야, 그거 가로등 켜는 주문이었어?"

"와, 씨, 내 수호동물이 가로등이야? 저거 막 그 수호동물처럼 움직여? 쩌네. 진짜 장난 아니다."

둘은 한참을 신나게 웃어 대다가 주변의 가로등에 모두 불이 들어오고 나서야 웃음을 멈췄다. 사오가 먼저 손을 내밀었다.

"내려가자. 환해졌으니까."

"응"

"집에 가야지."

"가야지. 조금만 천천히 가자."

아무렇지도 않게, 선우는 그 손을 잡았다.

이곳은 마법이 통하는 동네일 거라는 생각이 들었다.

"어머니는 아직도 마법 쓰셔?"

조심조심 내리막길을 걸으며 선우가 물었다.

"집에 아빠 없을 때만. 아무래도 아빠는 엄마가 마법사인 걸 모르니까."

"그럼 엄마 수호동물은 뭐야? 주문 외우면 나타나는 거."

사오가 피식 웃었다.

"좀 웃기긴 한데, 흰돌고래야."

"흰돌고래?"

"그게 일종의 환상 같은 거라서 뭘 불러내든 하얗게 보이긴 한다더만, 아무튼 흰돌고래야. 엄마가 흰돌고래라고 하니까 흰돌고래겠지."

"베트남에 흰돌고래가 많이 살아?"

자기랑 친숙한 동물을 불러내는 게 아니었나. 선우가 기억을 더듬으며 물었다. 해리포터 시리즈를 읽지 않은 지도 오래되었다. 책장에 달린 서랍 안에 깊숙이 넣고 닫아 버렸다. 더 이상 그 학교에 다니는 아이들을 부러워하고 싶지 않아서.

사오가 피식 웃었다.

"웃긴 게, 흰돌고래는 북극해에 살아."

"어머니 베트남 사람이라며?"

"그러게. 북극해는 개 풀 뜯어 먹는 소리고 북베트남에도 안 가 본 아줌마가 대체 왜……."

엄마랑 내가 비슷한 게 있거든. 말은 안 하지만, 엄마도 이곳이 힘든가 봐. 그렇지만 베트남으로 돌아갈 수도 없잖아. 거기는 엄마 가족이 아무도 없고, 다 큰 아들도 여기 있는데.

내가 '그 학교'에 가지 않은 이유, 말했었지. 네가 마마보이라고 놀렸었잖아.

마마보이가 맞을지도 몰라.

나는 버텨 보고 싶었어. 그 학교로 가면 나는 네가 전에 한 말대로 그저 평범한 학생이 될 거야. 아무도 나를 이상하게 보지 않을 거고, 아무도 나를 피부색이 다르다고 괴롭히지 않을 거야. 하지만 어린 마음에, 엄마를 두고 영국으로 가 버리면 그건 도망치는 거라는 생각이 들었어. 내가 맞건 때리건 싸우고 들어온 날 엄마는 늘 미안해했어. 그치만 엄마가 나를 보고 미안해하는 게, 엄마를 여기 혼자 두는 것보단 나을 것 같았어.

엄마의 흰돌고래가 진짜 흰돌고래가 아닐 거라는 건 엄마도 나도 알아. 엄마는 진짜 흰돌고래를 본 적이 없는걸. 하지만 엄마가 그렇게 믿으니까…… 그건 흰돌고래일 거야. 믿지 않으면 마법을 쓸 수 없으니까.

"내 수호동물은 뭘까."

선우가 남산을 다 내려와 말했다. 사오는 곰곰이 생각하는 척 고개를, 턱을 문지르다가 말했다.

"개?"

"엥?"

"너 아까 손, 하니까 손 주는 게 완전 개더구먼. 엄청 용맹한

개 같은 거 아니려나."

"여고생을 개 취급해? 네가 남산에 뼈를 묻으려고 그러는구나, 하사오?"

"아, 성 붙여서 부르지 마라. 쪽팔린다고."

둘은 잡았던 손을 놓지도 않은 채 서로를 툭툭 때리며 인파 속으로 조금씩 섞여 들어갔다. 아무도 사오를 이상하게 보지 않는 곳으로. 선우에게 잔소리하지 않는 곳으로.

흰돌고래였으면 좋겠다.

흰돌고래도 돌고래 중에는 좀 이상한 애로 보일지도 모르지. 혼자 북극해에 살고, 색깔도 하얗고.

하지만 예쁘잖아. 하얀 돌고래라니. 차가운 바닷속을 혼자 헤엄치는 흰돌고래. 겨울을 견디는 강한 돌고래.

선우는 인파 속에서 살며시 사오와 잡은 손에 힘을 주었다. 사오가 선우를 내려다보았다. 선우는 사오의 검지손가락을 잡고 앞을 겨누었다. 사오와 선우가 동시에 작게 중얼거렸다.

"익스펙토 패트로눔."

기다려 보자. 흰돌고래가 나타날지도 몰라. 선우는 앞을 보며, 사람들의 물결을 느끼며 사오에게 물었다.

"뭘 떠올렸어?"

"음, 방금 전에. 가로등 켜지던 거."

"아하."

사오의 말에 선우는 고개를 끄덕였다.

"그리고 그거 올려다보면서 헤헤 웃던 네 얼굴."

사오가 덧붙이자 선우의 얼굴이 새빨개졌다.

"야!"

선우는 소리를 지르며 팔을 뻗었다. 사오는 웃으며 선우에게 순순히 어깨를 내주었다. 선우는 연신 사오의 어깨를 밀면서 속으로 중얼거렸다. 사실은 나도 똑같은 장면을 떠올렸다고. 그런데 거기서 웃고 있던 얼굴은 내가 아니라 사오 너의 얼굴이었다고. 그러니까 이 행복은, 이 마법은 우리 둘 모두에게 유효할 거라고 생각하며 선우는 손에서 힘을 뺐다. 사오가 기억하는 건 가로등 불빛 아래 선우일 테고 선우가 기억하는 건 가로등 불빛 아래 사오일 테니까.

그러니까 우리는 지금, 두 마리 흰돌고래를 기다리는 중.

둘은 멈춰서 서로를 보며 씩 웃었다. 그리고 앞을 보았다. 거대한 사람들의 물결 사이로 흰 구름이 하늘을 서서히 가리기 시작했다. 그 모습이 북극해의 수면 위로 올라오는 아름다운 흰돌고래 같아서, 둘은 동시에 서로의 손을 잡았다.

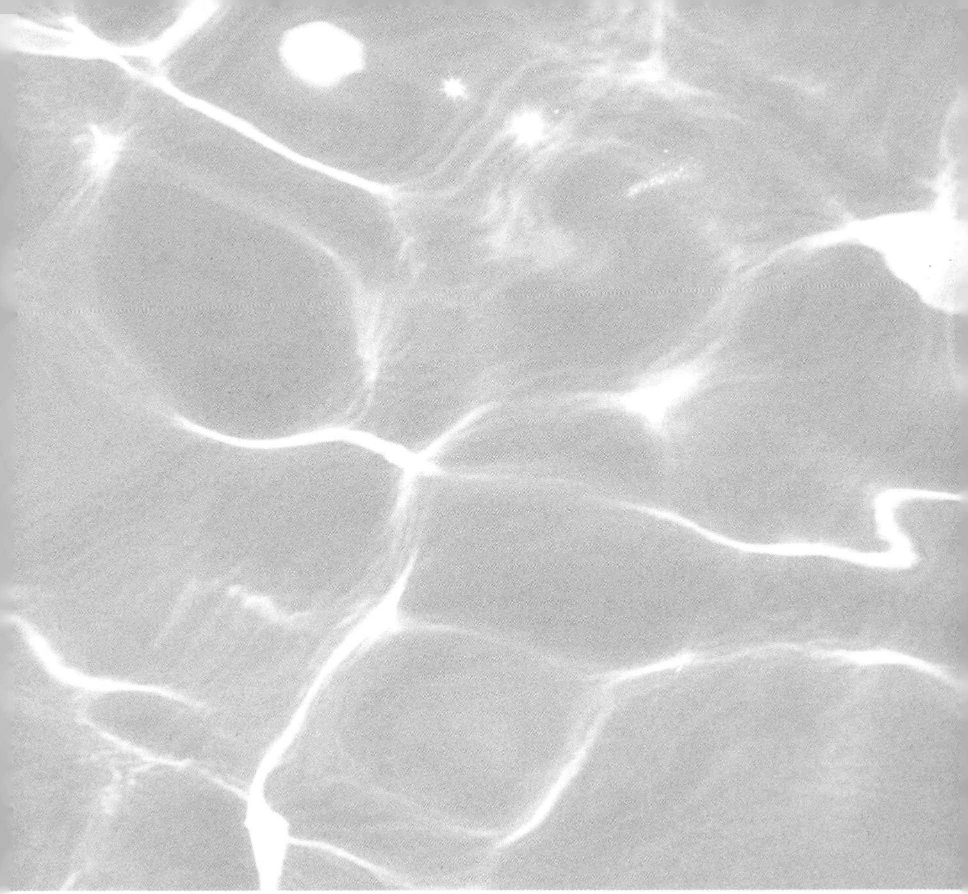

너랑

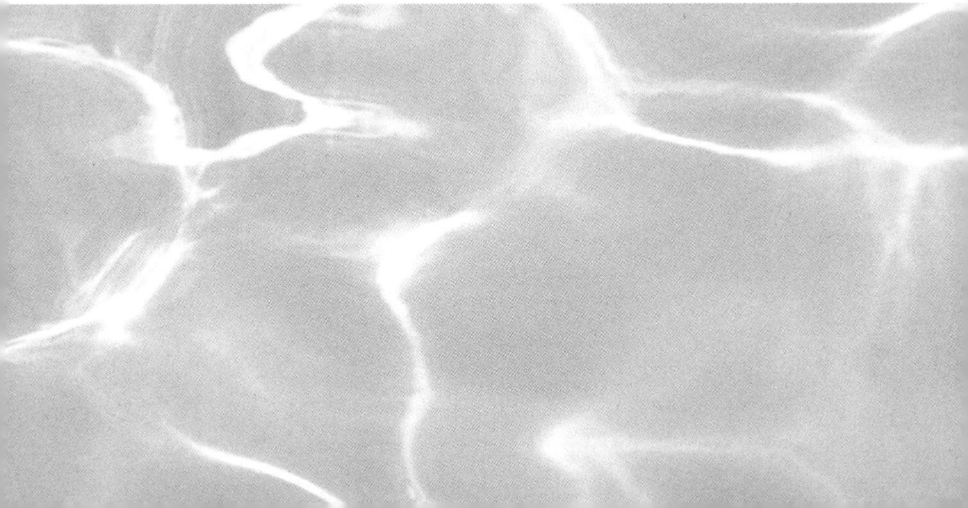

진이의 손등에 연결된 링거를 통해 영양제가 떨어졌다. 한 방울, 또 한 방울. 한빛은 근처 어딘가에서 내가 진이를 데리고 나오기를 기다리고 있겠지. 나는 침대 옆 보조의자에 앉아 턱을 괴었다. 영양제가 천천히 한 방울씩 진이의 몸 안으로 들어가는 것을 지켜보았다. 아기가 사라진 자리를 영양제가 채워 줄 것이다.

아직 뼈도 장기도 생겨나지 않은 그것을 진이는 아기라고 불렀다. 그래. 네가 아기라고 부르길 원한다면 그까짓 거 못 해 줄 건 또 뭐야. 나는 손을 바꿔 다시 턱을 괴었다. 다 끝난 일인걸. 영양제는 5만 원이었다. 5만 원이면 내가 열 시간을 일해야 벌 수 있는 돈이었다. 대략 이틀 치의 일당이 지금 진이의 침대 옆에 매달려 있다. 진이는 고른 숨을 내쉬며 잠들어 있다. 가끔 호흡이 가빠졌지만, 나는 진이를 흔들거나 깨우지 않고 가만히 보았다. 그러면 진이는 이내 다시 조용해졌다.

병원 회복실에는 시계가 없었다. 나는 주머니에서 휴대폰을 꺼내어 시간을 확인했다. 오늘은 아르바이트를 가지 않는 금요일. 시간은 6시 30분을 막 지나고 있었다. 매주 이 시간이면 결혼하고 싶다는 생각이 들었다. 그러나 오늘은 그렇지 않았다. 진이의 오르내리는 가슴을 지켜보는 게 내가 할 수 있는 전부였다. 진이 앞에서 얼굴이 새파래졌다던 '아기 아빠'를 향한 분노도 더 이상 일어나지 않았다. 나는 진이의 손을 잡으려고 잠시 손을 뻗었다가 다시 거두어들였다. 한빛에게 연락을 하든, 진이를 깨우든 무엇이든 해야 하는데 아무것도 하고 싶지 않다. 진이는 아기를 지우고 영양제를 맞으며 잠들어 있고, 한빛은 이 근처 어딘가에서 내 연락을 기다리고 있다. 한빛은 우울할 때마다 그러듯 넓은 어깨를 움츠리고 있을지도 모른다.

오늘은 금요일이고, 분리수거 쓰레기를 내놓는 날이다. 금요일마다 나는 결혼하고 싶다는 생각을 했다. 길게 한 것도 아니다. 딱 오 분씩. 일주일에 오 분만 그런 생각을 했다. 매주 금요일 저녁 6시 30분, 학교에서 돌아오면 나는 한 주간 쌓인 스티로폼이며 비닐봉지, 박스 따위를 들고 아파트 분리수거장으로 갔다. 나는 비닐장갑을 끼고 사람들 틈에 껴서 비닐은 이쪽, 스티로폼은 저쪽으로 분리했다. 신문이나 종이 상자는 따로 모았다. 아주 추운 겨울이 아니라면 종종 등에 땀이 배어났다. 근처 초등학교에서 '어린이들은 집으로 돌아갈 시간입니다.'라는 방송을 했다. 그리고 그때마다 나는 허리를 펴서 먼 곳을 바라보았다.

먼 곳을 바라보면 넓은 아파트 단지 어딘가에서 쓰레기를 버리러 오는 사람들이 보였다. 어떤 사람들은 남자였고 어떤 사람들은 여자였다. 어떤 사람들은 아이나 부인, 혹은 남편의 손을 잡고 왔다. 화를 내는 사람들도 있었고 웃는 사람들도 있었다. 물론 혼자 오는 사람들도 있었다. 하지만 나에게는 언제나 누군가의 손을 잡은 사람들만 보였다. 그 사람들은 쓰레기를 분리수거한 다음 다시 누군가의 손을 잡고 집으로 돌아갔다. 등에 배어난 축축한 땀을 느끼며 나는 결혼하고 싶다는 생각을 했다. 딱 오 분씩. 초등학교에서 나오는 방송이 그치고 다시 쓰레기로 시선을 돌리기 전까지.

엄마가 사들인 홈쇼핑 상품들의 종이 박스가 가장 많았고 봄이면 딸기를 담은 스티로폼 박스가 섞였다. 가을이나 겨울에는 종종 다른 쓰레기가 섞였다. 긴 시간도 아니었는데, 나는 한 주마다 한 번씩 지치지도 않고 결혼하고 싶다는 생각을 했다. 정작 우리 엄마는 한 번도 결혼한 적이 없는데도.

"엄마가 했다고 해서 네가 할 필요도 없고, 엄마가 안 했다고 너도 안 할 필요 없잖아."

한빛의 목소리가 그네를 따라 멀어졌다가 가까워졌다. 한빛이 긴 다리로 땅을 박찰 때마다 그네가 높이 올라갔다. 나는 옆 그네에 앉아 모래만 발로 긁었다.

"그래도."

"음. 넌 가끔 되게 마마걸 같다. 다른 애들은 너 이런 거 모르겠지."

한빛이 탄 그네가 공중으로 훅, 올라갔다. 으와아아! 한빛이 소리를 질렀다. 한빛은 그네를 탈 때마다 조금이라도 더 올라가려고 안간힘을 썼다. 내가 한심하다는 듯 보면 가느다란 눈을 더 가늘게 접으며 씨익 웃었다. 늘 처음 만났던 날과 똑같은 웃음이었다. 그 웃음에는 아무런 악의도 없는 것 같아서 나는 한빛이 좋았다. 한빛이 그네에서 뛰어내려 변신 포즈를 취했다. 나는 쯧쯧 혀를 차며 그네에서 일어났다. 교복 치마를 툭툭 터는 나에게 한빛이 가방을 내밀었다.

"너도 한번 해 봐. 이거 진짜 재밌다니까."

한빛이 건네준 가방을 등에 메며 나는 얼굴을 찡그렸다.

"미안하다. 이 누나는 교복이 치마인 건 둘째치고 이제 그런 놀이를 하기엔 너무 힘들단다. 열아홉 살이란 그런 나이야."

"허, 3월생이어서 좋으시겠어요."

"그래. 동생아."

한빛과 나는 열한 달 차이를 두고 태어났다. 내가 3월 초에 태어났고 한빛은 다음해 2월에 태어나 학교를 일찍 들어왔다. 한빛은 '누나는 무슨 누나'라고 입을 삐죽거리면서도 내 손을 잡고 반 발짝 앞서 걸었다. 한빛이 사는 집은 내가 사는 임대아파트 바로 옆 동이었다. 그리고 한빛은 아빠와 단둘이 살았다. 말하자면 우리는 정반대이거나 퍽 닮은 가족이었다. 나는 엄마와, 한빛은 아빠와. 엄마를 손톱만큼도 안 닮은 딸과 아빠와 판박이인 아들.

아빠의 반대말이 엄마라면 왜 편부가정의 반대말은 편모가정이 아닐까. 나는 궁금했다. 정답은 사람들이 편부가정과 편모가정을 같은 카테고리로 묶어 버리기 때문이다.

1학년 초의 일이었다. 아마 그때도 금요일이었던 것 같다. 나는 며칠 전에 담임이 가져오라고 했던 서류들을 손에 들고 교무실로 내려갔다. 한부모가정의 아이들은 급식비가 무료이고, 가끔은 이런저런 지원품까지 받았다. 귀찮긴 하지만 때때로 학교에서 주는 컵라면이나 스팸은 반가운 간식이자 가끔은 용돈 벌이였다. 중학교 때부터 내가 받아 온 컵라면을 애들이 500원씩 주고 사 갔는데 뭐. 나는 아직 어색한 교복을 괜히 툭툭 털며 1층으로 내려갔다. 가족관계증명서에 적혀 있는 이름은 엄마랑 나 단둘. 최씨 두 명.

담임은 서류를 받아 서랍에 넣고 나를 상담실로 보냈다. 상담실에는 몇몇 아이들이 서로 거리를 유지한 채 쭈뼛대고 있었다. 나는 수급자 명부를 들고 있는 선생님에게 내 이름을 말했다.

"1학년, 최한별이요."

선생님은 돋보기안경을 밀어 올리며 명부를 뒤적였다. 1학년 수급자가 적지는 않은 듯 한 페이지 빼곡하게 아이들의 이름이 적혀 있었다. 굳이 보고 싶지는 않아서 나는 시선을 돌렸다. 넓지도 않은 상담실 곳곳에 흩어져 자기 영역을 지키는 저 애들도 나와 같은 마음인 것이다.

"미안하다, 이름이 뭐라고?"

"한별이요. 최한별."

이름을 반복해서 말했는데도 선생님은 명부를 뒤적일 뿐 내 이름을 찾지 못했다. 슬슬 짜증이 났다. 오늘따라 명찰을 달고 오지 않은 내 잘못이 있다지만. 나는 나도 모르게 목소리를 키웠다.

"최씨고 한강 할 때 한, 해달별 할 때 별 해서 최한별이요. 최한별."

여기저기 흩어져 있던 아이들의 시선이 나에게 쏠렸다. 쳇, 나는 속으로 혀를 찼다. 내 노력에도 불구하고 선생님은 엉뚱한 질문을 던졌다. 귀를 벽창호로 만드셨나.

"최한빛이 아니고 최한별?"

그건 또 어디 사는 누구인가요. 제 이름은 최한별이라니까요.

이번에는 선생님의 목소리도 꽤 컸던 모양이었다. 저쪽 내 뒤에서 남자애 하나가 뚜벅뚜벅 걸어 나와 명단을 손으로 짚었다.

"제가 최한빛인데요."

남자애가 손으로 짚은 곳에는 '1학년 3반 최한빛'이라는 이름이 있었다. 그리고 그 애, 한빛은 명단을 손으로 쭉 훑어 내려가다가 맨 끝에서 손가락을 멈췄다. 1학년은 12반까지 있는데 명단은 10반에서 끊겨 있었다. 한빛의 손가락을 따라가던 내 눈이 그 부분에서 한 번 깜박였다. 한빛은 명단을 한 장 넘겨 다음 장의 맨 윗부분을 톡톡 두드렸다. 그곳에 내 이름이 있었다. 1학년 12반 최한별.

나는 안도의 한숨을 쉬었다. 그렇지만 벽창호 선생은 끝까지 벽창호였다.

"옳아, 그러니까 너네 둘이 남매인 모양이구나?"

내 나이 열일곱에, 엄마가 사실 쌍둥이를 낳았을지도 모른다는 생각을 잠깐 했다.

수급품을 담은 종이봉투를 휘두르다시피 흔들며 나는 자판기 쪽으로 걸음을 옮겼다. 아무래도 음료수나 하나 사 마시고 가야 할 것 같았다. 맥이 다 빠지네. 그런데 내 뒤에서 누군가 내 이름을 불렀다.

"최한별!"

방금 전 들었던 목소리였다. 벽창호 선생 말고 남자애 쪽. 아, 최한빛이라고 했나. 남자애는 다리가 길어서 그런지 성큼성큼 걸어와 금세 내 앞에 섰다. 가슴팍에 달린 진청색 명찰이 정확히 내 눈높이에 왔다. 크기도 해라. 잘도 자랐네. 내가 머뭇거리자 한빛이 오른손을 쑥 내밀었다.

"뭐야."

한빛이 웃었다. 한빛이 웃는 걸 그때 그날 그 장소에서 처음 보았다. 가느다란 눈을 부드럽게 휘며 웃는, 유달리 큰 키에 어울리지 않게 천진난만한 웃음. 그 웃음을 지으며 한빛이 나에게 말했다.

"음료수 사 줘. 도와줬으니까."

이게 대체 무슨 일인가. 아직 반 애들의 이름도 못 외우는 학년 초에 금품갈취를 당하게 생긴 상황이었다. 내가 입을 벌리고 올려다보자 한빛은 어깨를 으쓱했다. 그리고 자판기에 동전을 넣고 이온음료 하나와 주스 하나를 뽑았다. 한빛이 내 쪽으로 주스를 내밀었다.

"당분이 필요한 표정이어서. 음료수 사 달라는 건 농담이고, 그냥 어쩐지 친근해서 쫓아왔어."

"뭐가 친근해?"

"이름이 비슷하잖아."

친화력이 좋은 아이들은 어딜 가나 있다. 한빛도 그런 애인 모양이었다. 나는 주스 캔을 따서 들이켰다. 한빛이 이온음료 캔을 따며 덧붙였다.

"아, 그리고 생일 축하해."

풉. 나는 먹던 주스를 그대로 한빛의 교복 윗도리에 뿜어 버렸다.

"내 생일 아닌데?"

"일요일에는 학교에 안 오잖아. 네 생일은 이번 주 일요일이고."

기가 막히다는 얼굴로 한빛을 올려다보느라 나는 사과하는 것도 잊고 있었다. 한빛은 교복 주머니에서 휴지를 꺼내 내가 뿜은 주스를 슥슥 닦아 냈다.

"보려고 한 건 아닌데 보였어. 그, 명단 보면 이름 옆에 주민등록번호 쓰여 있잖아."

아, 그래. 그렇구나. 나는 남은 주스를 재빨리 들이켠 다음 그 자리를 떠났다. 하지만 며칠 후 한빛을 아파트 입구에서 마주쳤고, 그다음에는 급식실에서 한빛이 내 앞자리에 앉았다. 3월부터 연애 시작이냐며 새로 사귄 친구들이 놀려 댔지만 나는 조금 골치가 아팠다. 솔직히 말하자면 '빠릿빠릿하게 살자.'가 내 신조였으므로. 그리고 그건 필요 이상으로 느긋한 우리 엄마 때문이었다. 열아홉 살에 나를 낳은 사람치고는 참 태평하구나 싶을 만큼 엄마는 느긋하고 유연했다. 그래서 나라도 빠릿빠릿하게 살자고 생각했는데 한빛은 지나치다 싶을 정도로 빠르게 내 경계를 허물고 내 영역으로 들어왔다. 하지만 덕분에 나는 빠르게, 정말 빠르게 새 친구들과 가까워졌다. 한빛은 중학교 때부터 친화력 좋기로 유명했고 한빛의 중학교 동창 여자애들이 우리 반에 여럿 있었다. 그리고 그중에 진이도 있었다.

결국 나는 여름이 되기 전에 한빛이 내민 손을 잡았다. 우리는 서로에게 애인이 되었다.

한빛은 말이 많은 녀석이었다. 말이 많다기보단 마음을 숨길 줄 모른다고 하는 편이 더 정확할까. 좋은 게 있으면 좋다고 말했고 싫은 게 있으면 싫다고 말했다. 늘 이름처럼 반짝반짝 유쾌하게 빛났다. 그러나 한빛은 슬픔이나 우울함, 외로움이라는 마음에는 입을 다물었다. 남들은 그런 한빛을 보고 실없는 녀석이라고, 우울은 엄마 배 속에 두고 나왔냐고 했다.

하지만 나는 한빛이 왜 그러는지 알고 있었다. 그건 어쩌면 우리 같은 한부모가정 아이들에게는 패시브 스킬이니까. 엄마 혹은 아빠, 어찌 되었든 나를 돌봐 주는, 내 곁에 남은 보호자 앞에서 그런 마이너스적 감정을 내비치면 보호자가 슬픈 표정을 짓는다는 것을 우리는 알고 있었으니까. 그건 아빠가 도망가 버려서 열아홉 살에 나를 낳은 엄마도, 한빛이 두 살 때 병으로 아내를 잃은 한빛의 아빠도 마찬가지였을 것이다.

아, 물론 우리 엄마가 조금 더 뻔뻔할지도 모르겠다. 한빛은 '내가 우울해할 때마다 아빠는 엄청 시무룩한 표정을 지었어. 덩치는 남산타워도 한 손으로 들어 올릴 만큼 커다란 아저씨가.'라고 말했지만 우리 엄마는 달랐다. 내가 아이들의 놀림을 못 견디거나 시선이 서러워 울음을 터뜨리면 내 손을 잡고 울음이 그칠 때까지 기다렸다. 그리고 이렇게 말했다. 한별, 그래도 이렇게 괜찮은 엄마가 있어 주니 다행 아니야? 둘이 합쳐도 엄마 하나 못 따라오는 부모도 엄청나게 많을걸? 엄마가 그 말을 하면 나는 어이가 없어서 울음을 그치곤 했다. 그렇지만 엄마가 평소에 나를 '한별아'라고 부를 때나 '별아'라고 부를 때와는 다른, '한별'이라는 그 어감이 좋았다. 나는 엄마가 보지 못하는 곳에서 눈물이 나올

때마다 내 이름을 불렀다. 한별. 최한별. 엄마가 준 성. 엄마가 준 이름. 나는 온전히 엄마에게서 태어나고 자랐다. 엄마는 나를 가졌다는 걸 알자마자 가족과 학교에 낳겠다고 선언했고, 혼자 몸으로 집을 떠나 나를 낳았다. 그런데도 오히려 우리 엄마를 닮은 건 내가 아니라 한빛이었다.

짤그랑. 병원 문에 매달아 놓은 방울이 울렸다. 나는 고개를 들었다. 진이는 아직 자고 있었다. 얼마나 더 있어야 진이가 깨어날까.

진이는 인터넷으로 구한 '소개자'와 함께 산부인과 병원 앞 골목으로 접어들며 웃었다. 갔다 온다고 말하면서 웃었다. 나와 한빛은 웃지 않았다. 진이가 등을 돌려 골목 안으로 사라지는 것을 확인한 나는 욕을 했다. 개새끼. 한빛은 아무 말도 하지 않았다. 솔직히 말하자면, 그 욕이 누구를 향한 것인지는 나도 알 수 없었다. 아이를 가졌다는 진이의 말에 아무 말도 못 했다는 '아기 아빠'인지, 혹은 나를 향한 것인지.

아기가 생긴 거 같아.

진이는 딱 그렇게 메시지를 보냈다. 그날도 금요일이었다. 분리수거를 끝내고 집으로 들어와 침대에 누워 있던 나는 소스라치듯 일어났다. 어디야? 너 지금 누구랑 있어? 내 속사포 같은 메시지에 진이는 또 간단하게 대답했다. 놀이터 앞. 나는 부랴부랴

겉옷을 챙겨 입었다. 현관문을 열고 뛰쳐나가기 전, 나는 머뭇거리며 진이에게 메시지를 보냈다.

한빛도 같이 가도 돼?

진이와 나와 한빛은 놀이터 벤치에 나란히 앉았다. 평소와 같은 놀이터 벤치였다. 얼마 전에도 이 벤치에 셋이 앉아 아이스크림을 물고 수다를 떨었다. 달라진 점은 더 추워진 바람과 지금 의자에 앉아 있는 사람이 사실은 네 명이라는 점. 진이는 울지도 않고 차분하게 이야기했다. 두 줄이야. 사실 어제 만나서 영화 봤거든. 영화 끝나고 남자친구한테 말했더니…… 얼굴이 새파래지더라. 그래서 그냥 나 먼저 집에 왔어. 울지는 않았지만 진이의 두 다리가 덜덜 떨리고 있었다. 한빛이 진이의 왼손을 쥐었다. 나는 진이의 오른손을 쥐었다. 한참 동안 그렇게 셋이 손을 잡고 있다가 진이가 일어났다. 나는 멍청한 질문이라는 걸 알면서도 진이에게 물었다.

"어떻게 할 거야?"

진이는 피식 웃었다.

"아마도……."

진이는 엄마가 나를 배었을 때와 반대의 선택을 했다. 그리고 나는 그게 진심으로 다행스러웠다. 진이가 돌아간 후, 한빛은 내 손을 잡았다. 그리고 우리는 누가 먼저랄 것도 없이 물었다.

"너, 아르바이트해서 모아 둔 돈 얼마나 있어?"

인터넷을 뒤지자 정보는 쉽게 모였다. 몇 명의 전화번호를 따냈고 나 대신 한빛이 전화를 했다. 걸걸한 남자 목소리를 듣자 세 명은 바로 전화를 끊었다. 한 명과 마지막으로 연락이 닿았다. 수술 전에 만날 수 있겠느냐는 말에 그 사람은 그러겠다고 대답했다. 나와 한빛을 마주한 그 사람은 익숙한 듯 빠르게 이야기를 풀어 놓았다.

"병원은 제가 아는 데고, 무면허 아니니까 믿어도 돼요. 그리고 원래 수술비에다가 소개비랑 커미션 붙는 건 감안하셔야 하고요. 웬만하면 수술받으실 분만 저랑 같이 병원에 들어가시는 게 좋아요. 자세한 사항은 병원에서도 알려 주겠지만 영양제는 5만 원쯤 하는데, 수술하고 나면 몸 많이 상하니까 그 정도는 해 주시는 게 좋고."

그 사람이 나와 한빛을 쳐다보며 말했다.

"이쪽이 애 아빠? 당일에 안 따라오셔도 돼요. 요즘은 애 아빠 동의서 그런 거 안 받는 데가 많아서."

그 상황에서 얘는 애 아빠가 아니고, 나는 아이를 가진 게 아니라는 항변을 할 수는 없었다. 순간 말문이 막혔다. 그 사람은 다음 주 금요일에 여기서 만나자는 말을 남기고 떠났다. 나와 한빛은 서로 얼굴을 쳐다보았다.

"진이한테 연락해야지."

"응."

"수술비, 생각보다 좀 세다."

"응. 커미션도 붙고."

"그러게."

한빛과 내가 한 달간 버는 돈을 합쳐도 빠듯한 금액이었다. 하지만 진이라고 해서 우리보다 통장 사정이 나을 것 같지는 않았다. 진이도 굳이 사양하지는 않았다. 그 새끼랑은 연락돼? 내 말에 진이는 고개를 저었다. 되면 뭘 어쩌게. 진이는 애써 퉁명스럽게 굴었다. 그리고 지금으로부터 세 시간 전, 약속 장소에 나타난 그 사람과 진이가 골목 안으로 들어갔다.

그렇게 나는 또 한 번, 미래가 두렵다는 생각을 했다.

조금 더 기다리자 진이가 눈을 떴다. 진이는 나에게 아무 말도 하지 않았다. 부른 티도 나지 않던 배에 한번 손을 얹어 보고는 침대에서 내려왔다. 진이를 부축해서 집까지 데려다주고 나는 병원 쪽으로 다시 돌아갔다. 한빛은 풀 죽은 기린처럼 패스트푸드점 구석 탁자에 엎드려 있었다. 나는 한빛의 팔을 잡았다. 한빛과 버스 정류장에서 버스를 기다렸다. 지난주보다도 차가워진 바람. 진이는 괜찮을까. 아플 텐데. 월요일에 학교는 올 수 있을까.

열아홉. 한 사람은 그 나이에 아이를 낳았고 한 사람은 아이를 지웠다. 누구의 선택도 응원하고 싶지 않고 비난하고 싶지 않다. 한 선택의 결과로 나는 여기 서 있고 한 선택의 결과로 진이는 지금의 삶을 그대로 걸어갈 수 있게 되었다. 진이는 우리 엄마가 그랬듯이 집을 나오지도 않을 것이다. 밤마다 우는 아이를 혼자 달래다 자기가 울지도 않을 것이다.

"손잡아도 돼?"

한빛이 내게 물었다. 나는 팔짱을 풀고 한 손을 내밀었다. 한빛이 주저하다가 내 손가락 사이사이에 깍지를 꼈다. 그리고 조금 힘을 주어 잡았다.

"아파."

나는 얼굴을 찡그렸다. 한빛의 손가락 마디는 유난히 굵었다. 그래서 깍지를 끼면 한빛의 손가락 사이에 끼인 내 손가락이 금세 아파 왔다. 주리 트는 기분이야. 나는 툴툴대며 한빛이 깍지를 끼려고 할 때마다 손을 등 뒤로 감췄다. 한빛도 처음에는 '손깍지도 못 끼고. 애인이 아니라 남매 같잖아.'라며 툴툴댔지만 몇 번 내가 짜증을 낸 뒤로는 손깍지를 끼려고 하지 않았다.

한빛은 고개를 숙이고 가만히, 그러나 힘주어 내 손을 잡고 있었다. 타야 하는 버스가 우리 앞을 스쳐 지나갔다.

"한별아."

"왜."

"고등학교 졸업하면, 우리 결혼할래?"

처음 듣는 말은 아니었다. 친구들은 우리를 보면 결혼해, 결혼해 놀려 댔다. 같이 걷다가 귀여운 아이를 봐도 한빛은 '결혼해서 저런 애 낳자.'며 웃었다. 나는 그 말들을 피하지도 받아들이

지도 않았다. 그저 지나쳤다. 결혼하자는 말은 유치원 아이들도 할 수 있는 말이었다. 나는 매번 그렇게 다가오는 미래를 웃어넘겼다. 그러나 지금 한빛은 내 대답을 듣기 전에는 시간이 흐르게 하지 않겠다는 듯 내 손을 쥐고 있었다. 나는 고개를 돌려 한빛의 눈빛을 외면했다.

"좀 그렇다. 타이밍이 너무 안 좋은데?"

내가 고개를 돌렸지만 한빛은 여전히 나를 보고 있었다.

"이런 타이밍이니까 말하는 거야."

그게 한빛 나름대로 나를 위로하려는 방법일 수도 있었다. 내 곁을 떠나지 않을 거라고, 진이처럼 혼자 두지 않을 거라고 말하고 싶은 걸 수도 있었다. 하지만 내 마음은 침대에서 내려와 비틀거리던 진이를 부축할 때부터 이미 틀어져 있었다. 미친 새끼, 개새끼. 그렇게 욕을 씹어 삼키면서 나는 이를 악물었다. 입술 안쪽이 터져 아직까지도 피 맛이 느껴졌다. 그래서 나는 일부러 차갑게 굴었다.

"그래서 뭐, 너도 애 만들고 싶어? 나랑 자자고? 지금 만들면 내년 여름쯤에는 태어나고 너 군대 갈 때면 아빠 아빠 하겠다. 그치?"

나는 아빠, 라는 단어를 힘주어 발음하며 한빛을 보았다. 한빛의 눈에서 무언가가 흘러내렸다. 차가울 텐데. 지금 추운데. 눈물이었다.

"너, 무슨 말을 그렇게……."

늘 웃던 눈에 고인 눈물. 처음 보는 눈물은 아니었지만 낯선 눈물. 나는 한빛의 손을 뿌리치고 무작정 뛰었다. 한빛은 날 잡지 않았다. 잡지 못했다는 편이 맞을 것이다. 줄줄 흘러내리는 눈물을 닦느라 바빴을 것이다. 한빛은 나와 있을 때 종종 울었고 그때마다 나는 눈물 얼른 닦으라고 한빛을 윽박질렀으니까. 울지 마, 울지 마! 너 그렇게 질질 짠다고 뭐가 나아져? 영화 〈A.I.〉를 우리 집에서 엄마와 셋이 함께 보던 날이었다. 로봇 아이인 데이비드가 버림받는 장면에서 한빛은 결국 울어 버렸다. 엄마는 한빛에게 윽박지르는 나를 보며 혀를 찼다. 누굴 닮아서 저렇게 독할까. 나는 괜히 무안해져 한빛에게 휴지를 건네주며 대답했다. 그러게. 엄마 혹시 나 주워 왔어?

할 수 있다면 되도록 더 엄마를 닮고 싶었다. 엄마는 나를 낳았고, 나를 길렀다. 나는 온전히 엄마만을 모방하며 자랐다. 엄마 같은 사람이 되고 싶었다. 그러나 내 얼굴에서, 내 성격에서 엄마와는 전혀 다른 무언가를 느낄 때마다 나는 주저앉아 울고 싶었다. 조숙했던 나는 내 생물학적 아빠에 대해 물은 적이 없다고 엄마가 말했다. 내가 '아빠 궁금하지 않아?'라고 물어도 너는 그게 왜 궁금하냐고 눈을 동그랗게 뜨고 날 보더라니까. 그래서 나도 더 안 물어봤지.

나는 나름대로 엄마에게 상처를 주지 않기 위해 안간힘을 썼다. 똑 부러지는 사람이 되고, 상냥한 사람이 되고, 공정한 사람이 되고…… 세상의 모든 좋은 것을 다 가지고 싶었다. 그러나 그 '좋은 것' 중에 누군가를 만나 아이를 낳고 가정을 꾸리는 것이 들어간 적은 없었다.

한빛네 집에는 부모님의 결혼사진 액자가 있다. 우리 집에는 없는 물건이었다. 우리는 서로의 집에 자주 놀러 갔고 한빛의 아빠는 우리 엄마를, 우리 엄마는 한빛의 아빠를 알고 있었다. 최씨 둘과 최씨 자식 둘이 한데 모여 밥을 먹은 적도 있었다. 한빛의 아빠는 북극곰처럼 덩치는 크지만 한빛만큼이나 순한 사람이었다. 우리 엄마는커녕 나와도 눈을 마주치지 못해서 뒷머리만 벅벅 긁어 댔다. 나와 한빛은 밥을 먹다 몇 번이고 서로의 부모를 쳐다보았다. 식사가 끝나고 후식으로 아이스크림 하나씩을 입에 물고 돌아가며 내가 불쑥 말했다. 이러니까 우리 꼭 남매 같아요. 이름도 비슷하잖아요. 최한별, 최한빛. 생일도 열한 달 차이 나고.

최씨 엄마와 최씨 아빠는 그저 웃기만 했다. 머쓱한 웃음과 명랑한 웃음이 뒤엉키던 저녁. 그 저녁을 떠올리며 나는 담벼락을 짚고 미친 듯 기침을 해 댔다. 속에서 쓴 물이 올라올 정도로 기침을 하고 나자 나도 모르게 한빛을 부르고 있었다. 빛아. 한빛아. 최한빛.

나도 너랑 하고 싶어. 결혼도 하고 싶고, 가족이 되고 싶어. 그런데, 무서워. 손을 잡을 때마다, 입을 맞출 때마다, 미래가 무서워. 네가 날 두고 떠나 버리지 않을까, 나를 만든 아빠처럼. 내가 널 떠나 버리지 않을까, 너를 두고 간 엄마처럼. 사귄 지 300일이 넘도록 고작 뽀뽀밖에 안 했냐고 진이가 놀렸을 때 우린 그냥 웃기만 했잖아. 미안해.

두려웠어. 옷으로 가려진 피부가, 그 속에 가려진 점막이 서로 닿는 순간 내 안의 두려움이 튀어나와 나와 너를 괴롭힐 것 같았어. 사실은 너랑 하고 싶은 게 아주 많은데, 하나하나 거치고 나면 그 끝에 뭐가 있을지 나는 무서워. 그 끝에 나 혼자 남을까 봐 무서워. 무서워서 견딜 수가 없어.

고등학생 커플이 헤어지는 데에는 수많은 이유가 있을 것이다. 성적 때문에, 부모의 반대 때문에, 성격이 안 맞아서, 한쪽이 바람을 피워서. 우리는 성적도 고만고만했고 부모님은 우리의 연애를 말리지 않았다. 한빛은 늘 내게 져 주었고 우리 둘 다 바람을 피운 적도 없었다. 그러나 헤어지는 이유 중에 '친구가 아이를 가져서'가 추가되면, 그건 어떨까.

진이는 월요일에 학교에 왔다. 생리통이라며 3교시 이후 세 시간 동안 양호실에 누워 있었다. 생리통이 아니라는 것을 아는 사람은 나와 진이뿐이었다. 한빛은 그날 학교에 오지 않았다.

하굣길 교문 앞에서 낯선 교복을 입은 남자애가 진이를 기다리고 있었다. 나는 그 남자애가 '그 새끼'라는 것을 단박에 알아차렸다. 나도 모르게 발과 주먹이 동시에 그쪽으로 가려는 것을 진이가 붙잡았다.

"한별아. 가자."

진이는 앞서서 걸어갔다. 나는 남자애의 울 듯한 표정과 진이의 뒷모습을 번갈아 바라보다 진이 쪽으로 걸음을 옮겼다. 막상 보고 나니 그렇게 개새끼 같지도, 미친놈 같지도 않았다. 그냥 우리처럼 어리고, 나약하고, 사고는 칠 줄 알지만 뒷감당은 못하는 애였다. 진이와 내가 뛰다시피 횡단보도 앞에 이르렀을 때까지 교문 앞에 그 애가 보였다.

"아프잖아. 뛰지 마."

나는 뒤늦게 진이의 팔을 붙잡았다. 진이는 배를 감싸 안고 얼굴을 찡그렸다.

"잠깐만, 한빛……."

뒤를 돌아보다 나는 입을 다물었다. 오늘 결석했지.

"됐어. 천천히 걸으면 돼."

진이는 횡단보도를 건너 집으로 갔고, 나는 방향을 틀어 아르바이트를 하는 문구점으로 갔다. 아르바이트하는 내내 휴대폰을 꺼 놓았다. 아르바이트가 끝나고 횡단보도 앞에서 휴대폰을 켰지만 한빛에게서는 아무런 메시지도 오지 않았다. 그렇지만 휴대폰을 주머니에 집어넣고 앞을 보았을 때 횡단보도 건너편에 한빛이 서 있었다.

나는 천천히 다가갔다. 한빛은 내가 다가오는 것을 지켜보고 있었다.

"몸은 괜찮아?"

내가 물었고 한빛은 고개를 끄덕였다.

"미안해."

"괜찮아. 그것보다 너 손 시리겠다."

한빛은 내 손을 잡으려고 했다. 나는 손을 등 뒤로 감췄다. 그리고 씩 웃었다.

"너랑 나, 진짜 남매였으면 좋겠다."

등 뒤로 손을 감춘 채 나는 한 걸음 뒤로 물러났다. 한빛이 눈을 깜박였다.

"너네 아빠랑 우리 엄마랑 결혼하면 안 되나? 둘 다 최씨긴 하지만 동성동본 결혼 금지도 사라진 지 오래되었고, 너랑 나는 생일도 열한 달이나 차이가 나니까. 정말 남매인 줄 알 거야. 그리고 생활비도 반으로 줄어들 거 아냐."

웃으며 말하려고 했는데 자꾸 목소리가 안으로 기어들어 갔다.

"이런 타이밍에 그런 농담 듣기 싫다. 한별아."

한빛이 얼굴을 찡그렸다.

"어, 농담 아닌데?"

한빛이 한 걸음 다가왔고 나는 두 걸음 물러섰다.

"솔직히 그게 경제적으로나 현실적으로나 훨씬 이익이지 않아? 너랑 내가 사귀다가 헤어질 수도 있고, 결혼해도 평생 같이 산다는 보장도 없잖아. 그런데 남매, 얼마나 좋냐. 한쪽이 결혼한다고 가족관계가 끊기는 것도 아니고."

더 이상 물러날 곳이 없었다. 뒤로 쥔 주먹이 벽에 닿았다. 따가웠다.

"한빛아. 우리 남매 하자. 애인 말고."

이건 무슨 아침드라마의 반대편이란 말인가. 사랑하고 보니 배다른 남매가 아니라 배다른 남매가 되자고 헤어지겠다니. 내가 생각해도 어이가 없었다. 하지만 나는 절실했다. 물론 고등학교를 졸업하고 우리가 정말 결혼을 하는 방법도 있을 것이다. 그러나 그 몇 달 안에 무슨 일이 일어날지 우리는 모른다. 엄마는 나를 갖기 몇 달 전에 자신이 아이를 가져서 집을 나오리라고 상상할 수 있었을까. 한빛의 아빠는 부인이 몇 달 후 세상을 떠날 거라고 상상한 적이 있었을까. 없을 것이다. 진이도 바로 지지난 주까지 우리 앞에서 남자친구 자랑을 하루 종일 해 댔으니까. 그런 게 미래니까.

"한별아."

"……."

나는 또 도망쳤다. 밤거리를 달려 아파트 단지까지 오는 내내 한빛이 내 뒤를 쫓아 뛰어오는 것이 느껴졌다. 나보다 훨씬 키가

큰데도, 달리기가 빠른데도 한빛은 나보다 조금 느리게 달렸다. 내 이름을 한 번도 부르지 않고 한빛은 달렸다. 내가 아파트 입구에 들어설 때까지 뒤에서 지켜보고 있었다. 그러나 나는 뒤돌아보지 않았다.

말을 내뱉은 순간부터 나는 이미 후회하고 있었다.

"다녀왔습니다."

엄마는 잠들어 있었다. 나는 잠든 엄마 옆에서 무릎을 꿇었다. 물끄러미, 병원에서 잠든 진이를 보던 것처럼 엄마를 내려다보았다. 규칙적으로 오르내리는 가슴이 엄마가 살아 숨 쉬고 있다는 것을 알려 주었다.

"엄마."

아주 작은 소리로 엄마를 불렀다. 엄마가 깨지 않을 만큼.

엄마는 내가 아빠를 찾지 않았다고 했다. 아빠가 그립지 않은 건 사실이었다. 태어나서 한 번도 보지 못한 누군가를 그리워한다는 건 쉬운 일이 아니었다. 그러나 아빠가 누구인지, 나와 닮았는지 혹은 다른지 궁금하기는 했었다. 그렇지만 '그게 왜 궁금해?' 하며 도리어 엄마를 당황하게 했던 건 가끔씩 잠든 날 내려다보며 엄마가 운다는 걸 알고 있었기 때문이었다. 쌍방이 모두 원해서 헤어지는 관계는 없다는 게 괴로웠다. 결혼도 사람을 영원히 맺어 주지 않는다는 게 두려웠다. 그럴 거라면 차라리 희망도 갖고 싶지 않은데.

그런데도 자꾸만, 한빛과 하고 싶은 일들이 늘어만 갔다. 내가 울기 시작했는지 엄마가 일어나 앉았다. 엄마가 잠의 온기가 남은 팔로 나를 껴안았다.

"괜찮아."

무슨 일인지도 모르는 엄마가 나에게 괜찮다고 했다. 나는 고개를 저었다. 괜찮지 않아. 괜찮지 않아요.

"헤어졌어?"

"아니. 아직. 하지만 어떻게 될지 모르겠어."

엄마의 감일까. 엄마는 내 눈물의 원인이 어디 있는지 알아차렸다. 헤어졌냐는 말에 나는 고개를 저었다. 그러자 엄마가 내 뺨을 감싸 쥐었다.

"별아."

눈물이 아직 흐르는 내 뺨을 감싸고 엄마가 말했다. 어둠 속이라 엄마의 표정이 잘 보이지 않았다. 나는 고개만 끄덕였다.

"모든 일에 후회하지 않고 살 수는 없는 거야."

"……엄마는 날 낳은 걸 후회해?"

반사적으로, 가장 궁금했던 질문이 튀어나갔다. 아무렇지 않은 척하던 진이의 단호한 얼굴. 그렇다면 진이와 반대의 선택을 한 엄마는 어떨까. 어땠을까.

"후회, 가끔 했지. 너를 낳을 때 너무 아파서도 후회했고, 네가 하루 종일 울기만 할 때도 후회했고."

어둠이 눈에 익자 엄마의 눈이 보이는 것 같았다. 엄마가 천천히 내 뺨을 놓았다.

"하지만 엄마는…… 혼자 후회하고 혼자 극복했지만, 너한테는 같이 의논할 상대가 있잖아."

엄마가 내 눈을 똑바로 보고 있다는 게 느껴졌다. 그 앞에 눈물로 얼룩진 얼굴을 한 내가 앉아 있었다.

"내가 한 가장 큰 후회는 그거야. 네 아빠와 한 번도 이야기해 보지 않은 것."

나를 가졌다는 걸 알고 엄마가 내 '아빠'에게는 아무 말도 하지 않았다는 건 처음 듣는 이야기였다. 의논했다면 모두가 그랬듯이 말렸을 거라고, 그러나 엄마는 나를 꼭 낳고 싶어서 '아빠'에게 아무 말도 하지 않은 채 바로 집을 떠났다고. 엄마는 울음을 그친 내 손을 잡고 말했다.

"가서, 말해. 별이 너는 나를 닮지 않았다고 하는데 이상한 데서 닮았어. 고집이 세서 모든 일을 혼자 해결하려고 하는 거."

나는 벽시계를 보았다. 야광 시침과 분침이 녹색으로 반짝였다. 11시 20분. 오래 울었고 오래 이야기했구나. 나는 눈물을 소맷자락으로 문질러 닦고 엄마에게 농담하듯 말했다.

"이 시간에 남자애 집에 찾아가는 거, 좀 그렇지 않아?"

"설마."

엄마가 웃었다.

"집까지 갈 필요도 없을 거야."

하긴, 그렇지.

굳이 가라고 해도 말을 듣지 않던 진이의 수술 날처럼, 이 근처 어딘가에서 서성이며 나를 기다리고 있겠지. 그러지 않고 집에서 자고 있으면 오히려 조금 서운하다는 생각이 들지도. 나는 일어나서 벗었던 겉옷을 다시 입었다. 다녀올게, 라고 말하고 엘리베이터를 기다릴 겨를도 없이 계단을 구르듯이 내려갔을 때, 아파트 현관 앞에 쭈그리고 앉아 있는 그림자를 보았다.

"빛아."

아파트 현관 유리문이 열리고, 한빛이 나를 보았다. 우리를 가로막고 있던 유리벽이 걷히자 나는 다가가 한빛을 끌어안았다. 추위에 오래 떨던 한빛의 겉옷은 차가웠지만 한빛이 나를 마주 안자 옷 속에 숨어 있던 온기가 천천히 나에게로 전해져 왔다.

"나왔네. 내일까지 여기 있어야 하나 고민하던 참인데."

울먹임을 애써 누른 목소리가 내 귓가를 두드렸다. 나는 한빛의 등을 껴안은 손을 풀었다. 그 대신 한빛의 손을 마주잡고 하나하나 깍지를 꼈다. 손가락과 손가락 사이 감춰져 있던 피부가 맞닿았다. 조금 놀란 눈으로 나를 내려다보는 한빛을 보며 나는 웃었다.

"나, 너랑 하고 싶은 말이 있어."

너에게 하고 싶은 말이 아니라 너랑 하고 싶은 말. 혼자 전하고 혼자 고민하는 말이 아니라 같이 고민하고 나누는 말.

한빛이 깍지 낀 손을 어색하게 몇 번 흔들어 보다 피식 웃었다.

"그럼, 좀 걸을까?"

"응. 걷자."

너랑 같이 걸을래.

너랑 하고 싶은 일이 아주 많아. 결혼이라거나, 가족이 된다거나, 아이를 낳는다거나, 한 침대에서 잠들고 일어난다거나. 그 전에 키스라거나 몸을 맞댄다거나. 우리 머릿속에서 돌고 돌았지만 입 밖으로 내지 못한 많은 일들. 너랑 하고 싶어.

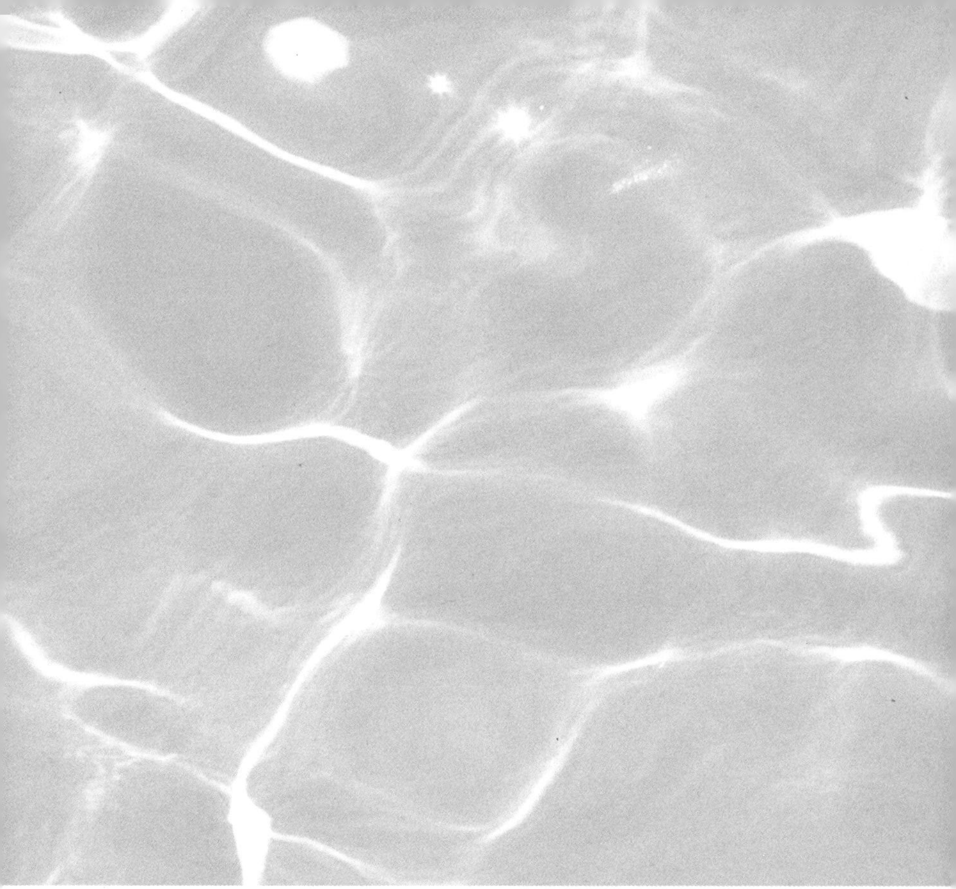

와인드업 보이

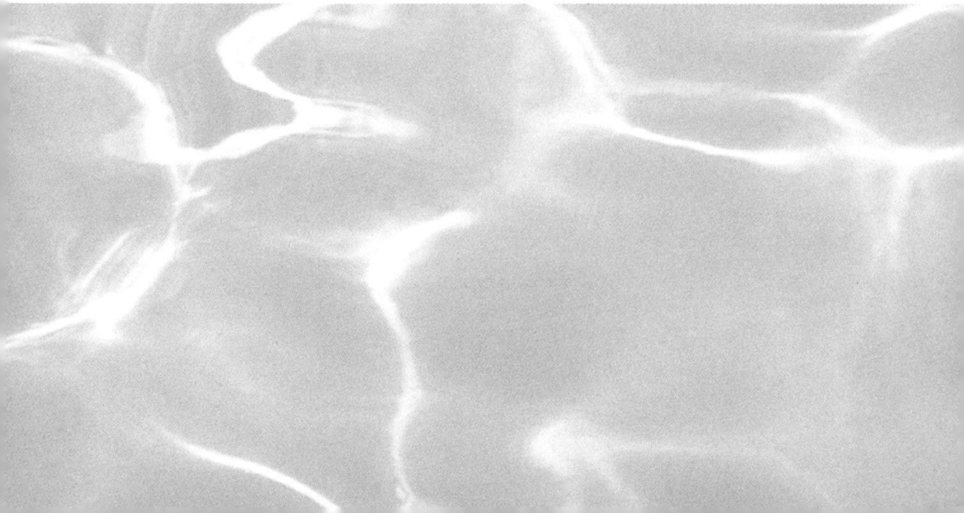

소년은 방구석에 앉아 윌리엄을 바라본다. 하인에게 지급하는 셔츠와 바지 차림의 소년 옆에는 한 뭉치의 천공 카드가 놓여 있다. 스스로를 언어술사라고 부르던 매그넘이 윌리엄에게 주고 간 카드들이다. 이미 폐기된 카드들. 더 이상 쓰지 않는 말들. 소년은 웅크리고 앉아 생각한다.

이제 어떻게 하지.

소년은 무릎 사이에 얼굴을 묻는다. 우는 것은 아니다. 말도 신음도 아닌 소리가 소년의 잇새로 새어 나온다. 소년은 울 수 없다. 울음소리를 낸다면 누군가 이 방으로 찾아올 것이고 소년은 내쫓길 것이다. 예정된 시간보다 조금 더 일찍.

내일 해가 뜨고 주인님의 말이 떨어지면 소년은 바로 이 집에서 나가야 한다. 글을 읽을 줄 안다는 이유로. 소년은 어둠 속에서 손을 뻗어 천공 카드 한 장을 집는다. 빳빳한 황색 카드에 어지러이 구멍이 뚫려 있다.

윌리엄의 천공 카드를 갈아 주는 사람. 매그넘은 이것이 윌리엄의 '말'이라고 했다. 그러나 소년은 윌리엄이 말하는 것을 본 적이 없다. 그 점에서 윌리엄과 소년은 동지다. 윌리엄에게도 입이 있다. 구리를 펴서 만든 판으로 된 빛나는 머리에 입을 나타내는 긴 선이 그어져 있다. 그러나 윌리엄은 말을 할 수 없다. 윌리엄에게는 스피커가 달려 있지 않다. 주인은 스피커가 있는 모델을 주문하지 않았다. 윌리엄에게 있는 것은 태엽을 감으면 섬세하게 움직이는 펜촉이 달린 열 개의 손가락과, 펜촉에 잉크를 주입하는 열 개의 잉크 실린더, 주인이 말하는 것을 들을 수 있는 귀와, 머리 부분에 가득 든 천공 카드뿐이다. 소년은 입을 열어 '윌리엄'이라 말하려 애쓴다. 으, 어. 소년의 입은 단 한 번도 소년이 원하는 단어를 발음해 준 적이 없었다. 소년은 다시 눈을 감는다. 저택에서의 마지막 밤이 깊어 가고 있다.

차라리 계속 모르지 그랬어. 모르게 하지 그랬어. 멜리사는 떨리는 목소리로 그렇게 말했다.

소년은 태엽을 감듯 그때로 시간을 되돌릴 수 있다면 좋겠다고 생각한다. 소년은 천공 카드를 내려놓고 자리에서 일어선다. 한 걸음, 두 걸음, 윌리엄에게 다가간다.

소년은 자기 이름을 가진 적이 없다. 사람들은 소년을 제멋대로 불렀다. 인쇄소에서 일할 때는 톰이었고 구두를 닦을 때는 조너선이었다. 손수건을 파는 가게에서 일할 때는 시드였다. 그러나 그 어느 것도 소년의 이름이 아니었다. 소년은 말할 줄 모른다. 입을 열어도 껙껙대는 신음 소리만 나온다. 어느 이름으로 불러도 소년이 대답하지 않았으므로 사람들은 소년을 아무렇게나 불렀다.

기억이 있을 때부터 소년은 거리에서 살았다. 아주 어릴 때는 꽃을 꺾어다 팔았다. 거지들에게 끌려갔을 때는 구걸을 했다. 거지들 틈에서 뛰쳐나와 기차를 몰래 타고 런던에 도착했을 때 소년은 처음으로 대영제국의 수도를 보았다. 여왕이 거하며 다스리는 런던의 거리는 시끄러웠다. 말하지 못했지만 들을 수는 있었던 소년은 자신의 지식을 모두 털어 런던에서 살아 나갈 방법을 고민했다.

신문을 파는 아이들은 그날의 특종을 고래고래 소리쳐야 했으므로 소년은 신문을 팔 수 없었다. 그래서 인쇄소로 갔다. 손짓발짓으로 먹을 곳과 잘 곳이 필요하다고 했다. 주인은 소년 같은 아이들을 많이 보았기에 흔쾌히 소년에게 잘 곳과 먹을 것, 헌 옷을 주었다. 그때 소년은 몰랐다. 인쇄소에 늘 사람이 필요한 이유는 언제나 사람이 다쳐서 인력이 부족하기 때문이라는 걸.

톰. 인쇄소 주인은 소년을 톰이라고 불렀다. 크랭크가 돌아가고 기름과 잉크투성이 기계에서 종이가 쏟아져 나오면 소년은 기계들 사이를 정신없이 뛰어다녔다. 쏟아지는 종이를 모아 정리하고 기계에 종이가 끼어서 멈추면 가느다란 팔을 집어넣어 종이를 빼냈다. 쿵, 막 종이를 빼낸 손끝에서 불과 1밀리미터도 떨어지지 않은 곳에 소년의 몸무게보다도 무거운 프레스가 떨어졌다. 소년은 등골이 오싹했지만 비명을 지르지 않았다. 이틀 전 네드가 이 기계 앞에서 비명을 질렀다. 손가락이 끼었다고 아이들이 수군거렸다. 그리고 어제 아침, 네드가 자던 자리에는 피 묻은 붕대 조각만이 남아 있었다. 네드는 어디로 갔을까? 글쎄, 그 손으로는 이제 구걸이나 해야겠지. 아이들은 저마다 자신에게도 닥칠지 모를 사고를 두려워했다. 그러나 아무렇지도 않은 척, 애써 두렵지 않은 척 주인이 주는 빵을 먹고 기계 사이를 뛰어다녔다. 두려워하면 안 돼. 아니, 두려워도 그걸 들키면 안 돼. 그러면 너는 바로 쫓겨날 거야. 기계들의 소음이 두려워 잠 못 이루는 소년에게 그렇게 말해 준 것은 네드였다.

인쇄기에서는 하루 종일 글자가 찍힌 종이가 쏟아졌다. 소년은 자기가 나르는 종이에 어떤 글이 새겨져 있는지 몰랐다. 그저 인쇄소 주인의 호통에 따라 같은 인쇄기에서 쏟아진 종이 뭉치를 같은 곳에 놓거나 서로 다른 곳에 놓았다. 아주 잠깐 글을 배워 보려 생각한 적도 있었지만 시간이 부족했고 일이 넘쳐 났다. B 다음에 O 두 개가 오고 K가 오면 왜 그 단어가 '책'이 되는지 이해할 시간이 소년에게는 없었다. 신문을 받으러 짐마차를 끌고 사람들이 오기 전에 그날의 신문을 정리해야 했다. 질 낮은 잉크에서는 언제나 지독한 기름 냄새가 났다.

일주일에 한 번, 주인이 교회에 가는 날에는 인쇄소가 쉬었다.

그날 아이들은 거리로 나가 이곳저곳을 쏘다녔다. 비록 주머니에는 주급으로 받은 동전 몇 푼이 전부였지만 거리는 언제나 아이들의 놀이터였다. 소년도 아이들을 따라 거리를 돌아다녔다. 디킨스라는 이름이 끊임없이 사람들의 입에 오르내렸고 책을 들고 연단에 올라 소리치는 사람들이 있었다. '최고의 시대이자 최악의 시대였다.' 그 문장을 소년은 들었지만 이해할 수 없었다. 무엇이 최고이고 무엇이 최악인지 소년은 알지 못했다. 다만 사람들의 대화 속에서 맥락을 더듬어 어렴풋이 알 수 있었다. 지금 소년의 상태는 최고보다는 최악에 가깝다는 것을. 그리고 인쇄소에 사고가 생겼다.

기계가 과열되고 톱니바퀴에서 불꽃이 튀었다. 기름을 담아둔 탱크에 불이 붙어 폭발할 때 소년은 바로 곁에 있었다. 주인이 달려와 불을 끄고 소년을 흔들어 대며 무어라 말했지만 소년은 손짓으로도 대답할 수 없었다. 들리지 않았다. 다음 날, 소년은 벙어리 톰에서 귀머거리 톰이 되어 쫓겨났다. 주인이 베푼 자비는 너덜거리는 소년의 호주머니에 이 주일 치 봉급을 넣어 준 것이었다.

배가 고프면 구빈원에서 주는 멀건 수프를 받아먹거나 곰팡이가 피어 버려진 빵을 주워 먹으며 소년은 하루 이틀 버텼다. 부자들의 저택 뒷문으로 가서 음식을 얻어먹기도 했다. 며칠을 견디는 동안 소년의 귀는 원래대로 돌아왔지만 인쇄소로 돌아갈 수는 없었다. 소년이 있던 자리는 다른 아이로 채워져 있었다. 귀가 들리고 말을 할 수 있는 아이였다. 소년보다 작은 몸으로 기계 사이를 재빠르게 날아다니는 그 아이에게는 이름이 있었다. 주인이 에드거라고 부르면 그 아이는 큰 소리로 대답했다. 소년은 다시 이름을 잃었다.

시장바닥의 언어는 늘 비슷했다. 사람을 부르고 물건을 팔고 값을 흥정하는 언어에는 반드시 숫자가 들어갔다. 소년은 아주 천천히 숫자에 눈을 떴다. 덧셈이나 뺄셈의 개념은 몰랐지만 3이나 5 같은 한 자리 숫자를 들으면 그것을 어떻게 써야 하는지 알 수 있었다. 숫자는 소년이 배운 최초의 언어였다. 그러나 대영제국의 언어가 소년에게 단지 흐릿한 알파벳 몇 개로만 남았던 것처럼 소년은 숫자를 사용할 줄 몰랐다. 사용할 수 없는 언어는 아무것도 아니라는 사실을 소년은 숫자를 배우고 처음으로 깨달았다.

시장의 언어가 지겨워지면 소년은 광장으로 나갔다. 광장에서 사람들은 토론을 하고 책을 읽었으며 연설을 했다. 광장의 언어는 어려웠다. 사과, 양고기 같은 구체적인 단어가 아니라 희망, 사랑 같은 잡히지 않는 단어가 광장에 있었다. 사회나 경제라는 말이 무엇을 뜻하는지, 그것들이 먹고 마실 수 있는 것인지, 옆에 있는 불처럼 온기를 주는지 아무도 소년에게 가르쳐 주지 않았다. 끊임없이 쏟아지는 언어의 폭포 속에서도 소년은 젖지 않았다. 소년에게는 언어가 물방울만큼의 의미도 없었기 때문이었다.

소년이 다시 이름을 갖게 된 것은 두 주가 지나서였다. 사람들의 동정으로 끼니를 때운 소년은 하루 종일 햇볕을 쬐었다. 사람이 오면 자리를 비켰다. 소년이 가장 좋아하는 장소는 손수건을 파는 작은 가게 앞이었다. 유리창 너머에는 형형색색의 세상이 있었다. 유리 진열장 안에 있는 손수건들은 모두 같은 것 같으면서도 다른 색깔이었다. 햇빛이 비치거나 그림자에 잠길 때는 또 다른 색으로 물들었다. 소년은 손수건 가게의 유리창 앞에 얌전히 앉아 있다가 밤이 되면 우물가로 가 몸을 씻고 옷을 빨았다.

소년은 자신이 구분할 수 있는 색의 종류가 다른 사람에 비해 훨씬 많다는 것을 몰랐다. 같은 보라색이어도 빛바랜 보라, 제비꽃을 닮은 보라, 템즈 강 다리 너머 해가 떨어질 때 하늘을 닮은 보라, 붉음과 푸름이 완벽한 조화를 이룬 보라 등 소년은 한 가지 색깔을 수십 가지로 분류할 수 있었다. 다만 다른 사람들이 이 모든 색깔을 '보라'로 통칭하는 것을 듣고 조금 이상하다고 생각할 뿐이었다. 소년의 몸은 하나하나의 색깔들이 품은 물기로 장마철 수위가 높아진 강처럼 차올라 넘실대고 있었다.

손수건 가게 문은 오래되어 비틀려 있었다. 비틀린 틈새로 주인과 손님들의 말이 새어 나왔다. 어느 날부턴가 소년은 멜리사의 목소리를 다른 사람과 구분하게 되었다. 일주일에 세 번이나 손수건을 사고 바꾸러 오는 사람은 흔하지 않으니까. 멜리사는 소년이 문 앞에서 졸고 있어도 발길질을 하지 않는 몇 안 되는 사람 중 하나였다.

“이번에도 이 색이 아니래요. 제가 지금 손에 들고 있는 거랑 대체 뭐가 다르죠?”

멜리사는 늘 보라색 손수건을 들고 가게로 왔다. 주인님의 손수건을 다림질하다 태워 버렸다며 푸념을 늘어놓았다.

“똑같은 손수건을 사 오면 화를 풀겠다고 하시는데, 아무래도 절 놀리는 걸 즐기시는 거 같다니까요.”

멜리사가 올 때마다 가게 주인은 보라색 손수건을 일렬로 늘어놓았다. 아주 창백한 연보랏빛부터 우물 속의 어둠을 닮은 진보랏빛까지 열 개가 넘는 손수건이 늘어섰다.

“그냥 잘못했다고 빌지그래? 내가 보기엔 그분은 멜리사 널 놀리는 걸 즐기시는 게 맞아.”

“열 번도 넘게 빌었다니까요?”

소년은 창가에 고개를 들이밀고 멜리사의 손짓, 진열대 위에 놓인 손수건, 주인의 웃음소리를 보고 들었다. 소년은 고개를 기울였다. 멜리사가 찾는 손수건은 주인이 늘어놓은 것들 중에 있지 않았다. 진열대 구석, 오래되어 조금씩 색이 빠져 가는 손수건들 사이에 멜리사가 들고 있는 것과 똑같은 색의 손수건이 있었다. 아마도 멜리사의 주인은 손수건을 오랫동안 쓰며 아꼈던 모양이었다. 아끼는 것들은 시간을 먹고 빛이 바랜다. 그렇기 때문에 멜리사가 새 손수건들 중 주인이 원하는 색을 찾지 못하는 건 당연했다. 세 번째 멜리사가 오던 날, 소년은 용기를 내어 문을 열고 가게 안으로 들어갔다. 주인의 찌푸린 얼굴도, 나가라는 소리도 아랑곳하지 않고 소년은 진열대 선반을 당겨 유리판 아래에 잠들어 있는 여러 손수건 중 하나를 꺼내 들었다. 주인이 막 소년의 팔을 꺾어 비틀려던 순간, 소년은 그 손수건을 멜리사에게 건넸다.

"아."

소년은 아무 말도 하지 않고 멜리사의 반응을 기다렸다. 멜리사는 손에 든 손수건과 소년이 꺼낸 손수건, 그리고 주인이 진열해 놓은 새 손수건을 번갈아 보더니 고개를 끄덕였다.

"그렇구나. 주인님이 오래전부터 쓰시던 손수건이니까……."

소년은 다시 문을 열고 나가 햇빛 아래에 앉았다. 가게 안에서는 멜리사가 주인에게 소년에 대해 묻는 소리가 들렸다. 그날 저녁 가게를 닫은 후, 주인이 소년을 불렀다. 이름이 없기 때문에 소년은 그저 '너'라고 불렸다.

"너, 이름이 뭐냐?"

소년은 고개를 저었다. 소년에게는 이름이 없었으니까.

"집이 없냐?"

소년은 고개를 끄덕였다. 주인은 손가락으로 턱을 문질렀다. 아무리 우물가에서 씻는다 해도 소년의 손과 발에는 늘 때가 끼어 있었다. 소년은 부끄러워 손발을 감추려고 했다. 소년의 몰골을 한참 보던 주인은 소년을 집으로 데리고 갔다. 그러고는 깨끗이 씻고 나온 소년에게 새 신발과 옷을 주었다. 헐렁했지만 소년이 원래 입고 있던, 누더기가 다 된 옷보다는 나았다. 주인이 소년의 어깨를 두드리며 말했다.

"이제부터 네 이름은 시드다. 아까처럼 손님이 어떤 색을 찾으면 네가 골라 주는 거다. 할 수 있겠지?"

소년은 고개를 끄덕였다. 잘 곳과 먹을 것을 준다면 무엇이든 할 수 있었다. 그리고 색을 구분하는 것은 소년에게는 가장 쉬운 일이었다. 떨 필요도, 소리칠 필요도 없이 손을 뻗어 잡으면 되니까.

손수건 가게는 날이 갈수록 사람들로 붐볐다. 이것보다 더 옅은 색, 이것보다 더 붉은 색, 이것보다 더 깨끗한 색을 보여 달라고 하면 소년은 말없이 손님들이 원하는 색을 골라 보여 주었다. 주인은 틈날 때마다 소년에게 색의 이름을 가르쳤다. 빨강, 노랑, 초록, 파랑, 하양…… 그러나 소년이 보는 색의 세계는 이름을 붙일 수 없을 만큼 다채로웠다. 자신이 아는 그 어떤 단어로도 그 많은 색에 이름을 붙일 수 없었으므로 소년은 그 색들을 내버려두었다. 주인은 염료 공장에 갈 때도 소년을 데려갔다. 소년은 그곳에서 붉은색과 푸른색이 섞여 보라색이 되는 것을 보았고, 노란색과 초록이 섞여 연두색이 되는 것을 보았다. 흘러넘친 염료를 손에 찍어 비비면 새로운 색이 만들어졌다. 마음에 드는 색이 만들어질 때마다 소년은 소리 내지 않고 웃었다.

"저 아이를 데려가고 싶습니다."

멜리사와 같이 온 남자가 그렇게 말했을 때 주인은 난색을 표했다. 남자는 깨끗한 셔츠 위에 코트를 입고 모자를 쓰고 있었다. 외알 안경을 낀 남자, 매그넘은 소년과 눈을 맞추고 말했다.

"너, 저택에서 일하고 싶지 않으냐?"

저택. 늘 지나다니며 보았던 큰 집과 큰 대문이 있는 곳. 소년은 고개를 끄덕였고 남자는 주인에게 돈을 건넸다.

소년은 저택으로 따라가 파이프 담배를 문 중년 남자에게 인사를 했다. 남자의 이름은 존 경, 저택의 주인이라고 했다. 소년을 세워 둔 채 매그넘과 존 경이 대화를 주고받았다.

"저 애는 색을 만드는 실력이 아주 뛰어납니다. 존 경께서 원하시는 색이라면 뭐든 만들어 낼 수 있을 겁니다. 멜리사에게 존 경께서 쓰시던 것과 똑같은 색의 손수건을 찾아 준 것도 이 애라고 하더군요."

외알 안경을 쓴 매그넘이 말하자 존 경이 콧수염을 비틀었다.

"하지만 윌리엄이 편지를 쓰는 동안 저 아이가 모두 듣고 있을 게 마음에 걸리네. 매그넘, 자네도 알겠지만 편지라는 것은 아주 사적인…… 것이니까 말일세."

매그넘이 씩 웃었다.

"걱정 마십시오. 저 아이는 말을 못 합니다. 게다가 글자도 모르고요. 편지 내용이 무엇인지는 아무에게도 알려지지 않을 겁니다."

매그넘은 불안하게 눈치를 보는 소년에게 여러 가지 색 견본을 내밀었다. 남자는 그중에서 새벽 3시 템즈 강의 물결이 나타내는 색깔을 손가락으로 짚었다.

"이걸 만들어 보렴. 잉크는 모두 여기 있단다."

소년은 고개를 끄덕이고 잉크병을 살폈다. 파랑, 검정, 그리고 갈색을 조금씩 섞어 남자가 말한 색을 만들어 냈다. 매그넘은 소년이 만들어 준 새 잉크를 가져가 책상에 앉아 있는 이상한 것의 팔 부분에 집어넣었다. 사람을 닮았지만 금속으로 된 그 기계는 온통 구릿빛이었다. 매그넘은 그 기계를 '윌리엄'이라고 불렀다.

"필경사 로봇이야. 주인이 말을 하면 듣고 대신 편지를 써 주지. 앞으로 너는 윌리엄의 옆에 있다가, 존 경께서 원하시는 색을 만들어 윌리엄의 잉크통에 채워 주면 된다. 그게 네가 할 일이야."

매그넘이 윌리엄의 팔에 붙은 태엽을 순서대로 돌리자 윌리엄의 손끝에서 날렵하고 우아하게 생긴 금 도금 펜촉이 튀어나왔다. 매그넘은 윌리엄의 귀 옆에 달린 버튼을 눌렀다. 작은 전등의 불빛이 붉은색에서 녹색으로 바뀌었다. 매그넘은 헛기침을 몇 번 했다.

"친애하는 랜포드 경, 경이 보낸 편지는 잘 받아 보았습니다."

놀랍게도, 매그넘의 말이 끝나자마자 윌리엄의 손가락이 움직여 종이 위에 글자를 써 내려갔다. 부드럽고 매끈한 필기체였다. 공장에서 보던 인쇄체와는 달리 그림처럼 아름다운 곡선이었다. 매그넘이 말을 멈추자 윌리엄은 무엇인가 더 쓰고 손을 멈췄다. 윌리엄이 손을 멈추자 매그넘은 종이를 조심스럽게 집어 잉크를 말린 후 존 경에게 가져다주었다. 존 경이 종이를 보고 만족한 듯 웃었다.

"괜찮군."

상류 계층의 언어로 '괜찮다'는 말은 소년에게 '잠잘 곳과 먹을 것'을 뜻했다.

그날부터 며칠간 매그넘은 소년을 가르쳤다. 윌리엄을 작동하려면 어떤 태엽을 감아야 하는지, 손가락의 어느 부분을 어떻게 만지면 어떤 펜촉이 튀어나오는지, 펜촉을 좌로 돌리냐 우로 돌리냐에 따라서 글씨의 굵기가 어떻게 변화하는지. 매그넘이 시범을 보이고 소년이 따라 하면 매그넘은 고개를 끄덕였다.

그러나 왜 굳이 소년이었을까. 소년은 궁금했지만 표현할 언어를 알지 못해서 묻지 못했다. 그리고 오후의 햇살이 비스듬하게 서재 창가로 들어오던 어느 날, 매그넘은 소년에게 종이 한 장을 보여 주었다. 그것은 그림도, 편지도 아니었지만 그림이기도 하고 편지이기도 했다.

갖가지 모양의 테두리선 안쪽이 각각 다른 색의 글자로 채워져 있었다. 노란 잉크로 적힌 부분은 빅벤 모양, 회색 잉크로 쓰여진 부분은 다리, 푸른색 잉크로 된 글자는 강물처럼 보였다. 소년에게는 처음 보는 세상이었다. 소년이 입을 벌리고 편지를 들여다보자 매그넘은 편지를 뺏고 윌리엄의 펜촉 끝에 새 종이를 놓았다.

"잘 보고 익히거라."

매그넘은 윌리엄을 켜고 혀를 차 딱딱 소리를 냈다. 소년은 윌리엄이 한 번 혀 차는 소리를 들으면 동작을 멈춘다는 것을 알았다. 두 번 빠르게 혀를 차면 글씨를 썼다. 매그넘은 무언가 계속 말하며 간간이 혀를 찼고 자주 잉크 색을 바꿨다. 친애하는, 딱, 15번 잉크로 바꿔라. 딱딱, 나의, 딱, 32번 잉크로. 딱딱, 아들에게. 세 번 혀를 차면 윌리엄은 줄을 바꾸었다.

세 글자 쓰고 잉크를 바꾸고, 네 글자 쓰고 바꾸고, 때로는 한 글자 쓰고 바꾸고, 한 줄이 지나면 아까보다 더 밝은 색이나 어두운 색의 잉크로 바꿨다. 윌리엄의 손에는 열 개의 펜촉이 달려 있었지만 서른 가지도 넘는 색을 쓰느라 소년은 정신없이 잉크를 조합하고 펜촉을 씻었다. 한참 시간이 흐르자 매그넘은 윌리엄의 손 밑에서 종이를 빼냈다.

소년은 믿을 수 없어 눈을 깜박였다.

노란 빅벤, 회색 다리, 푸른 강물의 모양은 아까 본 편지와 같았지만 그보다 훨씬 명확한 명암과 색의 계조가 살아 있었다. 위를 옅은 색으로 칠하고 아래를 조금씩 진한 색으로 칠하며 농담을 살리는 법, 어느 한 부분만 두드러지게 밝게 칠해 빛을 받은 것처럼 표현하는 법도 매그넘은 소년에게 가르쳤다. 소년이 매그넘에게 배운 것은 윌리엄의 작동법이자 그림의 기초였다.

"귀족 나리들의 사치지. 색이 있는 잉크는 검은 잉크보다 비싸고, 너처럼 다양한 색을 만드는 아이는 또 없을 테니…… 너는 여기서 아주 잘 지낼 수 있을 거다."

처음으로 자신이 만든 색으로 온전한 '그림'을 그린 소년이 낯선 느낌에 작게 떨고 있을 때, 매그넘은 창밖으로 담뱃재를 떨었다. 매그넘은 윌리엄의 이마를 톡톡 튕기며 말했다.

"드디어 나도 이 저택을 떠날 수 있게 됐어. 난 언어술사지 이로봇을 씻기는 노동자가 아니라고! 이게 다 네 덕분이다. 와인드업 보이."

와인드업 보이. 그렇게 말하며 매그넘은 소년을 향해 윙크를 날렸다. 소년이 손가락으로 자신을 가리키며 눈을 동그랗게 뜨자 매그넘은 크게 웃으며 다시 말했다.

"그래. 와인드업 보이! 그게 네 이름이다. 태엽 감는 소년. 윌리엄은 말을 못 하니까 투정도 안 부릴 테고, 너에게는 최고의 주인 아니냐?"

그건 나와 똑같네요. 소년은 생각하며 희미하게 웃었다. 매그넘은 코끝을 손수건으로 훔치더니 말을 이었다.

"난 말이다. 그림도 좋아하지만 언어술사야. 윌리엄이 아무리 글씨를 잘 쓴다고 해도 내가 언어를 넣어 주지 않으면 이 녀석은 깡통에 불과하지. 너한테도 내 역작을 보여 주마."

매그넘의 손짓에 따라 소년은 윌리엄 곁으로 갔다. 매그넘은 주머니에서 열쇠를 꺼내 윌리엄의 머리를 열었다. 머리 안에는 금속으로 된 서랍이 있었고 칸칸마다 황색 카드가 들어 있었다. 매그넘은 그중 한 장을 꺼내 팔랑거렸다. 종이에는 수십 개의 구멍이 뚫려 있었다.

"이 카드는 윌리엄의 뇌 속에 들어 있는 언어란다. 너는 잘 모르겠지만 이 구멍들은 일정한 규칙에 따라 배열되어 있어. 여기에 뚫리면 알파벳 A가 되지만 저기에 뚫리면 알파벳 Z가 되지. 패턴, 그게 패턴이라는 거다. 그런데 사람들의 말이라는 건 누가 쓰느냐, 어디에 쓰느냐, 언제 쓰느냐에 따라 달라지거든? 그래서 나는 사람들이 가장 '필요로 하는 말'을 찾아내서 카드에 구멍을 뚫는단다. 그리고 윌리엄의 머릿속에 넣어서 윌리엄이 그 말을 들으면 바로 받아쓸 수 있게 하지."

매그넘은 윌리엄의 귀 스위치를 켜고, 손에서 펜촉이 나오도록 한 다음 윌리엄의 귀에 대고 뒷골목에서도 가장 상스러운 말을 중얼거렸다. 그동안 윌리엄의 손은 꼼짝도 하지 않았다. 마치 알아듣지 못한 것처럼. 소년이 입을 벌리자 매그넘이 윌리엄 귀의 스위치를 껐다.

"자, 봐라. 윌리엄이 아는 말 중에는 아까 내가 한 말처럼 상스러운 말이 없어. 그건 내가 카드를 만들지 않았기 때문이야. 귀족들이 쓰는 편지에 오줌이나 썩은 생선 대가리라는 단어가 들어갈 필요는 없잖아?"

매그넘은 떠나기 전 소년의 어깨를 가볍게 끌어안고 두드렸다. 그리고 소년의 귓가에 대고 속삭였다.

"언젠가 너는 윌리엄보다 뛰어나게 될지도 모른다. 너는 눈으로 보고 귀로 들을 수 있고, 사람이니까 말이다. 하지만 주의해라. 그걸 들키는 순간 네 삶은 다시 시궁창이 될 거다."

그리고 소년의 등을 탁탁 치며 큰 소리로 말했다. 마치 저택 안에 있는 모든 사람이 들으라는 듯이.

"잘 지내라, 와인드업 보이! 너랑 윌리엄은 좋은 짝이 될 거야."

그날부터 저택의 모든 사람이 소년을 '와인드업 보이'라고 부르기 시작했다.

소년이 해야 하는 일은 많지 않았다. 소년은 대부분의 시간을 방에서 기다렸다. 침대와 갈아입을 옷가지, 잉크병 여러 개가 있는 소년의 방은 다른 하인들의 숙소와 멀리 떨어져 있었다. 종이 울리면 소년은 윌리엄과 존 경이 있는 서재로 들어갔다. 존 경은 나뭇잎은 녹색, 하늘은 파란색처럼 사실 그대로의 색으로 모양을 표현하는 것도 좋아했지만 독특한 색으로 편지를 쓰는 것도 좋아했다. 푸른 장미라거나 보랏빛 하늘, 검게 물든 나무들이 존 경의 말과 혀를 차는 소리와 소년의 손동작이 합쳐져 종이 위에 태어났다.

삼 주에 한 번 매그넘이 왔다. 매그넘은 '새로 나온 말'이라며 윌리엄의 머리에 구멍이 뚫린 황색 카드를 집어넣었다. 더 이상 쓰지 않는 말이 새겨진 카드는 쓰레기통에 버려졌다. 어떤 사람들은 문맹인 주인을 대신해 편지나 소설을 읽어 주는 기능까지 달린 필경사 로봇을 주문하기도 한다고 매그넘이 알려 주었다. 어떤 사람들은 필경사 로봇에게 가발을 씌우고 옷을 입혀 진짜 사람처럼 보이게 한다는 말도 해 주었다. 그러나 윌리엄은 구리로 만들어진 몸체 그대로 책상에 앉아 있었다. 주인은 말했고, 윌리엄은 받아쓰고, 소년은 잉크를 조합해 채웠다.

주인이 말을 하지 않을 때도 윌리엄은 무언가를 썼다. 혀를 차는 신호가 아닌 그대로의 침묵. 말과 말 사이의 빈 공간. 그것이 '이 부분에서 주인께서는 산들바람처럼 가녀리게 신음하셨습니다.' '이 부분에서 주인께서는 당신에게 할 말을 찾으시며 침묵에 잠기셨습니다.'처럼 말과 말 사이의 공간을 언어로 풀어내는 일이라는 것을 소년은 모두 매그넘에게 들어서 알았다. 읽을 수 없으므로, 소년은 들은 것을 모두 기억하려고 노력했다.

침묵을 얼마나 아름답게 표현하는지를 새겨 넣은 천공 카드는 매그넘의 가장 큰 자랑이었고, 가장 자주 바뀌었다. 존 경은 때때로 다른 사람들이 쓴 편지를 소리 내어 읽었다. 마치 소년이 보이지도 않는다는 듯이. 소년은 들었지만 말할 수 없었으므로 서재 한구석에 소리 없이 서 있었다. 존 경에게는 윌리엄과 소년이 똑같아 보였을지도 몰랐다. 어쩌면 윌리엄이 더 낫다고 생각할 수도 있었다. 천공 카드에 새겨진 데이터를 출력하는 것뿐이라도, 윌리엄은 글을 쓸 줄 알았으므로.

존 경이 쓰는 편지의 내용은 다양했다. '친애하는 월포드 남작'에게 카드 게임을 하자는 편지를 쓸 때도 있었다. '사랑하는 스티븐'에게 공부는 잘 하고 있냐는 편지를 보낼 때도 있었다. '불타는 아름다움을 지닌 그대 마담 퀼티'에게 언제 또 볼 수 있냐는 편지를 쓸 때도 있었다. 편지의 내용은 때로는 다정했고 때로는 근엄했으며 때로는 귀에 담기도 부끄러울 만큼 열정적이었다. 존 경의 부인 역시 서재에 들어와 여러 편지를 썼다. 티 파티에 오라는 내용, 사교계 데뷔를 한 엘리 아가씨 이야기, 유행하는 옷감에 대한 말들. 소년은 존 경과 부인이 서재 밖으로 나가면 손가락으로 들은 단어를 그대로 써 보았다. 단어는 푸른색이든 검은색이든 같은 뜻이었지만, 같은 단어라도 다른 색으로 쓰면 또 다르게 보였다. 소년은 그것이 신기해 소리 내어 웃고 싶었다.

매그넘이 했던 말처럼 소년은 변하고 있었다. 천공 카드의 구멍처럼 어지러이 널려 있던 글자들이 소년의 머리 안에서 단어로,

문장으로 변하기 시작했다. 서서히 그러나 정확히.

한 달에 두 번씩 하인들은 휴일을 받았다. 거리에서는 여전히 사람들이 연설을 했고 디킨스의 소설을 읽었다. 글을 깨우치기 시작한 소년의 귀에 들어오는 언어들은 예전과 달랐다. 힘이 실린 목소리와 다정한 목소리, 애통해하는 목소리를 구분할 수 있었다. 그 언어에 어울리는 색깔도 골라낼 수 있었다. 소년은 거리에서 시시때때로 윌리엄 생각을 했다. 멀리 지나가는 기관차 소리도 윌리엄은 받아쓸 수 있을까. 템즈 강의 강물이 흘러가는 소리를 표현할 수 있을까. 소년은 궁금했다.

소년이 가장 먼저 읽을 줄 알게 된 단어는 '친애하는'이었다. 편지의 첫머리마다 존 경은 그 말을 빠뜨리지 않았다. 그때마다 윌리엄의 손끝은 똑같은 모양의 곡선을 그렸다. 곧이어 마담 퀼티, 스티븐, 윌포드 남작처럼 사람의 이름을 알게 되었다. '당신의'라는 말도 알게 되었다. 소년은 예전보다 더 간절히 휴일을 기다리게 되었다. 휴일에 밖에 나가면 사람들이 신문이나 가게 간판의 글자를 읽는 소리를 들을 수 있었다. 최고의 시대이자 최악의 시대였다. 소년은 이제 책에 쓰인 문장을 읽을 수 있었다. 디킨스의 이름을 처음으로 땅바닥에 써 본 날은 밤새 잠을 이루지 못했다. 그러나 그것은 비밀이었다. 와인드업 보이, 태엽 감는 소년으로 이 저택에서 일할 수 있는 것은 소년이 벙어리에다 문맹이었기 때문이니까.

존 경은 가끔씩 소년을 시험했다. 존 경은 빚 변제일을 미뤄 달라는 편지를 썼고 불륜 상대인 마담 릴리와 퀼티에게 보내는 편지를 썼다. 술집에서 몸을 파는 로즈에게 보내는 편지도 썼다. 그때마다 소년은 윌리엄의 곁에 있었다.

"이봐, 와인드업 보이. 이리 와 봐라."

존 경이 소년을 부르고 불쑥 종이를 내밀 때마다 소년은 긴장했다. 존 경은 아무렇지도 않게 소년에게 말했다.

"눈이 침침해서 그러는데, 이것 좀 읽어 주겠나?"

소년은 늘 고개를 저었다. 글자를 따라가며 눈동자를 굴리지도 않았다. 그림을 보듯, 풍경을 보듯 무표정하게, 조금은 난감한 듯이 고개를 저었다.

'저는 글을 읽지 못합니다.'

그것이 소년이 해야 하는 유일한 말이었다. 소년이 고개를 저으면 존 경은 만족한 듯 종이를 구겨 내던졌다. 그것이 소년이 윌리엄과 다른 점이었다. 윌리엄은 말과 말 사이를 메우는 방법을 찾아 침묵의 시간을 언어로 표현했고 소년은 말을 해야 할 때 입을 다물었다.

소년이 저택에 들어온 이후 멜리사는 언제나 소년 곁에 있었다. 멜리사는 시장에 갈 때마다 소년을 데리고 갔다. 와인드업 보이, 저건 어때? 저건 무슨 색이야? 소년이 대답하지 않는다는 걸 알면서도 멜리사는 끊임없이 소년에게 묻고 또 물었다. 소년이 말할 수 있다면 대답했을 것이다. 저건 주인님이 마담 릴리에게 편지를 쓸 때 사용하는 색이야. 모닥불 속에서 타오르는 푸른 불꽃을 닮았어. 저건 스티븐을 꾸짖을 때 쓰는 색이야. 회색 하늘과 템즈 강의 어둠을 섞은 색이지. 멜리사는 고향의 동생을 보듯 소년을 아꼈고 그럴 때마다 소년은 불쑥불쑥 제 안의 비밀을 털어놓고 싶어 두근거렸다. 소년에게는 이름도 없었지만 자신의 손을 잡아 주고 같이 걸어 주고 말을 걸어 준 사람도 없었다.

멜리사는 소년에게 여러 가지를 가르쳐 주었다. 멜리사의 어조, 그녀가 사용하는 단어, 목소리의 색깔은 멜리사가 이 저택을 얼마나 사랑하는지 소년에게 알려 주었다. 절대로 이 저택을 떠나고 싶지 않아. 평생 이곳에서 일하고 싶어. 멜리사에게도 소년처럼 부모가 없었다. 그래서 멜리사는 이곳이 집이나 다름없다고 소년에게 비밀처럼 말했다. 소년은 대답하지 못했다. 나도 그렇다고. 나도 너와 이 집에서 언제까지나 함께 있고 싶다고.

어느 순간부터 저택에 천공 카드를 갈아 주러 오는 사람이 다른 사람으로 바뀌었다. 매그넘이 어디로 갔는지 소년은 알 수 없었다. 그날 윌리엄의 어깨를 물끄러미 바라보던 소년은 공들여 새겨진 글귀를 발견했다. 숫자와 글자가 섞여 있는 그 글귀는 윌리엄을 만든 공장의 주소였다. 소년은 발음할 수 없는 그 글귀를 머릿속에 새겨 두었고, 서재에서 런던 시내 지도를 몰래 찾아 그 공장의 위치를 외웠다. 휴일에 어슬렁거리다 런던 역에 붙은 기차

요금을 보았을 때, 소년은 자신이 갖고 있는 돈으로 공장까지 갈 수 있다는 사실을 알았다. 행선지를 써서 역무원에게 보여 주기만 하면 역무원은 표를 건네줄 것이다. 꼭 공장이 아니더라도 상관없었다. 어딘가, 자신이 글을 알아도 되는 곳으로 떠나고 싶었다. 소년의 머릿속에는 수백 개의 천공 카드만큼이나 많은 어휘가 들어 있었으므로 스스로 필경사가 될 수도 있을 것 같았다. 런던 역 매표소 앞에서 어슬렁거리던 소년은 길 저편에서 하녀들과 물건을 사러 나온 멜리사를 보았다. 소년은 얼굴이 달아오르는 것을 느끼며 주저앉았다.

글을 알고 나서 보게 된 세상은 예전의 세상과 많이 달랐다. 이제 소년은 증기기관차가 지나가며 내는 소리를 글자로 표현할 수 있었고 별빛이 어떻게 저택의 창문으로 들어오는지도 단어들을 조합해서 문장으로 쓸 수 있었다. 원한다면 지금까지 들었던 편지 내용을 그대로 기억해 내서 다시 작성할 수도 있었다. 소년은 밤마다 침대만 놓인 좁은 방에서 잠자기 전 머릿속에 소용돌이치는 말들을 억누르느라 애를 썼다. 단어들은 자꾸만 소리쳤다.

나를 조합해 줘, 나를 나가게 해 줘, 우리를 사용해 줘.

소년은 속으로 대답했다.

안 돼. 그러면 나는 다시 이름을 잃게 돼. 다시 돌아가고 싶지 않아. 최고의 시대에서 최악의 시대로 굴러떨어지고 싶지 않아.

그러나 언제까지 속일 수 있을까. 교회에서 키우는 개도 삼 년이 지나면 종 치는 시간을 알게 되는 법이었다. 언제까지나 와인드업 보이로 살 수는 없었다. 소년은 빠르게 소년을 벗어나고 있었다. 사람을 자라게 하는 것은 시간만이 아니었다. 주변에서 끊임없이 밀려드는 모든 자극을 받아들이는 순간마다 소년은 어른이 되고 있었다. 저택에 와서 벌써 세 번이나 새 옷을 맞췄다. 팔다리가 길어진 만큼 소년은 존 경의 기습적인 질문에 쉽게 당황했다. 가끔은 신에게 빌기도 했다. 제발 이 모든 것을 잊게 해 달라고.

그러나 지금껏 그랬듯이, 신이 소년의 부탁을 들어주지 않으리라는 것은, 소년도 알고 있었다.

여름이 깊어 갈 무렵 저택에는 작은 변화가 생겼다. 존 경의 외아들인 스티븐이 방학을 맞아 저택으로 돌아왔다. 많은 하인들이 기뻐했지만 멜리사의 기쁨은 남달랐다. 멜리사는 열두 살의 어린 나이로 이 저택에 처음 들어왔을 때부터 스티븐을 따랐다. 멜리사와 동갑인 스티븐은 그때만 해도 철부지 도련님이어서 가정교사에게 꾸지람을 듣는 소리가 부엌 접시 닦는 곳까지 울렸다고, 멜리사가 소년에게 말해 주었다. 그러나 지금은 멜리사도 훌쩍 커 버렸고 스티븐은 존 경을 닮은 청년이 되어 있었다. 금발을 단정히 빗어 넘기고 느긋한 표정으로 저택을 돌아보는 스티븐을 보면 소년은 비현실적인 느낌이 들었다. 태어날 때부터 꼭 맞는 고급 셔츠와 양말, 구두를 신었을 사람에게 느끼는 동경과 공포.

"네가 와인드업 보이냐?"

스티븐은 소년보다 한 뼘은 더 컸다. 부드러운 소리가 나는 셔츠 소매가 소년의 머리에 닿았다. 소년은 잠자코 고개를 끄덕였다. 하인이 주인에게 할 수 없는 행동이었지만 소년에게만은 용인되었다. 스티븐도 얼굴을 잠시 찡그리다가 유쾌하다는 듯 웃었다.

"아, 그렇지. 말을 못 한다고. 아버님이 편지로 말씀해 주셨는데 잊고 있었네."

스티븐은 존 경과 똑같은 눈동자로 소년의 눈을 들여다보았다.

"멜리사가 요즘 바빠 보인다 했더니, 어쩐지."

소년이 묵묵히 서 있는 동안 스티븐은 소년을 지나쳐 걸어갔다.

동경과 공포 사이에 한 가지 감정이 더 끼어들게 되리라는 걸 소년은 막연히 짐작하고 있었다. 멜리사와 스티븐으로 인해 알게 된 그 감정을 뜻하는 단어는 사교계의 언어가 아니라 통속소설과 불타는 연애의 언어, 질투였다.

스티븐이 돌아온 이후 저택의 공기는 빠르게 바뀌었다. 존 경은 예전보다 소년을 자주 불러 편지를 쓰게 했다. 활기차면서도 우아한 그림들이었다. 짙은 푸른색 잉크가 주로 만들어졌다. 편지 내용은 스티븐이 돌아왔으니 곧 무도회를 열 거라는 것, 그곳에 '친애하는 윌포드 남작의 영애'를 데려와 둘이 만나게 하자는 것이었다.

윌리엄의 펜촉을 씻어 주고 서재를 나서면 그곳에는 또 다른 공기가 있었다. 늦은 아침이면 소년은 계단 위층 스티븐의 방에 있는 멜리사를 볼 수 있었다. 스티븐이 외출한 방에서 멜리사는 침대 시트를 갈고 청소를 했다. 하얗고 바스락거리는 침대 시트를 가슴에 안고 방 구석구석을 둘러보는 눈빛은 소년이 본 멜리사의 어떤 표정과도 달랐다. 책 속에는 질투와 늘 함께 붙어 다니는 단어가 있었다. 사람들은 그 단어의 뜻이 사랑이라고 했다.

스티븐은 저택의 모든 하인들에게 다정했고, 멜리사에게는 특히 더 다정했다. 멜리사의 머리카락을 들어 올려 향기를 맡거나 장난스럽게 허리를 끌어안기도 했다. 소년은 그 광경들을 보지 않으려고 애썼지만 한 번이라도 본 장면은 꿈에서까지 소년을 따라다녔다. 꿈과 현실이 다른 점이라면 현실의 멜리사가 빨갛게 얼굴을 물들이는 반면 꿈속의 멜리사는 소년을 비웃는 듯 미묘하게 미소를 짓고 있다는 점이었다. 소년은 서재 안과 밖의 공기를 동시에 호흡하며 종종 어지럼증에 시달렸다.

스티븐의 방에 놓인 꽃병은 이틀에 한 번씩 새 꽃으로 장식되었다. 썩 예쁘지는 않지만 레몬향과 비슷한 달큰한 냄새가 나는 꽃이 스티븐 방에 장식되는 것을 소년은 여러 번 보았다. 향료로도 쓰이는 꽃, 멜리사. 멜리사꽃의 달큰하고 시큼한 향기가 바람이 불 때마다 소년의 코끝을 스쳤다. 존 경은 윌포드 남작과 빠르게 편지를 주고받았고 무도회는 이틀 앞으로 다가왔다.

소년은 밤늦게까지 깨어 있었다. 잠이 오지 않아 소년은 조용히 집 안을 서성거렸다. 소년의 귀에 스티븐의 목소리가 들려왔다. 그리고 낮게 울리는 두 사람의 숨소리. 소년은 눈을 감고 귀를 막았다. 언어는 소년에게 보지 않고도 상상하는 법을 가르쳐주었다. 한참이 지나 소년은 눈을 떴다. 무거운 발소리가 계단을 올라가고, 긴 옷자락이 바닥에 쓸리는 소리가 들렸다. 소년은 소리가 들리는 곳으로 걸어갔다. 방으로 돌아가던 멜리사가 소년의 발소리를 듣고 뒤돌아보았다.

"깜짝이야."

어색하게 웃는 멜리사를 보자 이상하게도 눈물이 날 것 같았다. 소년은 왼손으로 멜리사의 손을 잡고 손바닥을 위로 향하게 했다. 멜리사에게서는 멜리사 냄새와 스티븐이 쓰는 향수 냄새가 났다. 소년은 손가락으로 멜리사의 손바닥에 궤적을 그렸다.

"H, E, N, E, V, E, R……."

멜리사가 소년이 쓰는 글자를 천천히 따라 읽었다.

"……He never loves you."

소년의 눈과 멜리사의 눈이 마주쳤다. 멜리사의 눈이 흔들렸다.

"나도 알아."

소년이 멜리사의 손을 놓았다. 멜리사의 손이 힘없이 떨어졌다. 멜리사가 소년을 보며 말했다.

"차라리 계속 모르지 그랬어."

멜리사의 떨리는 목소리를 들으며 소년은 억지로 미소를 지었다. 그걸 어떻게 모르겠냐고. 가르쳐 주지 않아도 아침이 되면 해가 뜨고 저녁이 되면 해가 지는 걸 알게 되듯이 이미 다 알아 버렸는데. 그러나 멜리사의 다음 말이 소년을 얼어붙게 했다.

"모르게 하지 그랬어. 네가…… 글을 안다는 사실 말야."

아.

스티븐을 사랑하는 것과 저택을 사랑하는 것은 멜리사에게도 별개라는 것을. 스티븐이 멜리사를 사랑하지 않는다 해도 여전히 이 저택은 멜리사의 모든 세계임을. 소년이 언어가 없던 이전의 삶으로 되돌아갈 수 없듯, 멜리사는 이 저택 없이는 살아갈 수 없음을. 소년만 몰랐다.

저택에서 소년의 생활은 철저하게 통제되어 있었다. 서른 명이 넘는 하인들 중 누구도 소년과 긴 대화를 나누려 하지 않았다. 그러나 처음으로 겪어 보는 풍족한 생활 탓에 소년은 알아차리지 못했다. 왜 멜리사만이 소년에게 호들갑스럽게 말을 거는지, 왜 하필 수많은 하인 중에 이 저택을 자신의 가장 아름다운 세계로 생각하는 멜리사가 소년의 곁에 있는지, 그것이 감시인지 호의인지, 소년만 몰랐다.

존 경은 순진하지 않았다. '친애하는'이라는 단어를 들을 때마다 윌리엄이 같은 모양을 그리면 소년이 언젠가는 그것이 '친애하는'이라는 뜻을 가진 단어임을 알게 될 거라는 것을 모르지 않았다. 다만 그때가 오기 전까지 소년을 곁에 두고 쓰려 했을 뿐이었다. 자신의 가장 충성된 하녀, 멜리사를 붙여서.

이제야 소년은 알게 되었다.

다음 날, 종이 울리고 소년은 서재로 갔다. 존 경은 한 장의 카드를 소년에게 내밀었다.

"이걸 하녀장에게 가져다주거라."

카드는 봉투도 없이 적힌 내용을 그대로 드러내고 있었다. 소년도 알아볼 수 있게, 단순한 단어들로 적힌 노골적인 메시지.

'스티븐의 약혼을 위한 무도회가 내일로 다가왔으나 최근 불쾌한 소문이 저택 내에 나돌고 있다. 하녀 멜리사를 오늘 안에 이 집에서 내보내도록.'

소년은 무릎을 꿇었다. 존 경은 아무런 감정도 내비치지 않은 채 소년을 내려다보았다.

"다리라도 풀린 게냐?"

소년은 고개를 저었다. 몸이 떨렸다. 이건 함정이야. 머릿속에서 누군가 속삭였다. 모르는 척해. 모르는 척하고 이걸 가져가서 하녀장에게 전해 줘. 존 경은 멜리사를 내쫓을 생각이 없어.

하지만 아니라면? 하녀와의 가벼운 장난 정도는 얼마든지 묵과되는 귀족의 세계라지만, 정말로 만에 하나 이 카드가 존 경의 진심이라면?

"무슨 말이라도 해 보거라."

정수리로 떨어지는 존 경의 목소리를 들으며 소년은 일어섰다. 말, 말을 하라고 했다. 소년이 벙어리임을 알면서도. 존 경은 무심하게 옆에 있던 종이 한 장을 손끝으로 밀었다. 소년은 펜을 잉크에 찍어 떨리는 손으로 썼다.

"Please don't let her go."

멜리사를 내쫓지 마세요.

"……문법은 제대로 배운 모양이구나."

존 경은 소년의 글씨가 적힌 종이를 손끝으로 집어 잘게 찢었다. 소년의 입에서 신음 섞인 웃음이 흘러나왔다.

"누가 네게 글을 가르쳤는지는 묻지 않으마."

시간이 가르쳐 줬어요. 주인님이 내게 가르쳤고요. 거리가, 시장이, 웅성대는 사람들이 나에게 글을 가르쳤어요. 막을 수 없었어요. 죄송하지 않아요. 나는 잘못하지 않았어요.

"내일 아침에, 집에서 내보내겠다."

주인이 손짓하자 길들여진 몸은 소년의 의지와 상관없이 움직였다. 소년은 서재 문을 나가 책 한 권 없는 자신의 방으로 돌아갔다. 매일매일 이 방을 청소해 주던 멜리사. 그러고 보니 내가 서툴게 글씨를 썼던 그 많은 종이들은 다 어디로 갔을까. 그게 멜리사가 나에게 보여 준 최대한의 호의였을까.

소년은 밤이 깊어서야 다시 방문을 열었다. 서재 문은 열려 있었다. 더 이상 잠글 필요가 없는 문이었다. 존 경도, 부인도, 멜리사도, 스티븐도 없는 서재에는 태엽이 다 풀린 윌리엄과 소년 둘뿐이었다.

소년은 윌리엄에게 다가간다. 윌리엄의 팔과 손에는 수많은 태엽이 달려 있다. 소년은 어느 태엽을 감아야 어떤 펜촉이 나오는지, 어느 태엽을 풀어야 글씨가 느리게 써지는지 안다. 소년이 안다고 말해도 되는 것은 그것뿐이다. 와인드업 보이. 소년은 윌리엄의 태엽을 감는다. 손가락 끝에서 펜촉이 튀어나온다. 윌리엄의 귀에 녹색 불이 켜진다. 소년은 입 밖으로 어떤 소리라도 내어 보려 애쓴다. 방 안은 고요하다. 밖에서는 풀벌레 한 마리 울지 않는다. 흐으으으으으. 윌리엄은 귀에서 불을 깜박거리다가 펜촉을 움직여 글씨를 쓴다. 소년은 어둠 속에서 달빛에 의지해 그 글을 읽는다.

'주인께서는 슬픔을 못 이겨 이 부분에서 말을 멈췄습니다.'

문장은 그곳에서 멈춘다. 소년은 윌리엄의 손에서 종이를 꺼내 찢고, 찢고, 찢는다. 하얀 종이 조각이 서재에 어지러이 널린다. 윌리엄의 손이 조용히 책상 위를 긁는다. 책상에는 잉크 자국만이 남고 아무 글씨도 새겨지지 않는다. 소년의 고요한 통곡처럼.

여러 사람을 만났고, 여러 일이 있었다. SF&판타지 도서관(www.sflib.com)을 통해 지금 여기가 아니라 존재하지 않는 곳에 대해서 많은 꿈을 꾸다가 이 책의 절반쯤을 채우게 되었다. 긴 시간을 두고 쓴 글들을 묶다 보니 제각기 빛진 사람들이 있는 이야기들이 모였다.

「라면 전쟁」에 도움을 준 P, 「소년소녀 진화론」과 「하늘의 파랑, 바다의 파랑」에 사랑을 준 '봄'에게 감사드린다. 「창세기」는 김보영 소설가의 「0과 1 사이」를 읽고 내가 처음으로 쓴 SF 단편이다. 「0과 1 사이」를 읽어 보라고 해 준 영준에게도 고맙다.

「흰돌고래를 소환하는 주문」은 트위터에서 김이환 소설가가 준 '마법학교에 들어가지 않은 마법사들'을 소재로 시작되었다. 「와인드업 보이」는 코니 윌리스의 『개는 말할 것도 없고』를 읽고 나서 빅토리안 펑크가 좋아져서 쓴 이야기이다. 써 보라고 해 준 세 명의 S에게 고개 숙여 감사드린다.

「너랑」은 오은 시인의 『너랑 나랑 노랑』이라는 책 제목을 한참 노래처럼 흥얼거리다 썼다. "감사합니다."

물심양면으로 도와주고, 어느새 또 동네 친구가 된 K에게도 많은 빚을 졌다. 시점이 이리저리 날뛰는 이야기들을 보듬고 다듬어 준 출판사 분들에겐 무슨 말을 드려야 할지 잘 모르겠다.

이 분들께 책을 보내 드리고 싶은데 과연 받아 주실지 걱정이다.
당신이 읽고 즐거워할 만큼 행복한 이야기가 되기를.
미래와 존재하지 않았던 과거와 현재를 오가며 즐거웠기를.

2014년 그 봄에 사라진 304개의 우주를 기억한다.

전삼혜